*Verlag* Bibliothek der Provinz

Johanna Beck
Weiße Blätter
*Annies Album*

*herausgegeben von* Richard Pils
*Grafik* Raphael Besenbäck

ISBN 978-3-99126-290-9

A-3970 WEITRA
www.bibliothekderprovinz.at
Coverfoto: Leonie Harder, www.leonie-harder.com

Stadt Wien

Johanna Beck

# Weiße Blätter

*Annies Album*

*für meine Tochter Sophie und meinen Bruder Michael,*
*den ich nie kennengelernt habe*

## WEISSE BLÄTTER

Zwischen dem Fotoalbum meiner Tochter Clara und dem meines Sohnes Jakob steht Annies Album im Bücherregal. Es ist etwas dünner und weniger abgegriffen.
Ganz vorne verkündet der erste Eintrag, die Geburtsanzeige:

*Annie ist da!*
*geboren am 22. Juli 1984*
*Wir freuen uns über die Geburt*
*unserer zweiten Tochter!*

Es ist eine weiße Briefkarte mit sonnengelber Umrandung, über dem Namen eine kleine, weiße Schleife.

Dann folgen ein paar Seiten mit Babyfotos: Annie in ihren ersten Lebenstagen, meist noch mit geschlossenen Augen oder vorsichtig in diese neue Welt blinzelnd, ein kleines Bündel mit angezogenen Beinen, zwei winzige, geballte Fäustchen rechts und links neben dem Kopf.
Ich sehe auf den Fotos wenig Ähnlichkeiten zu Clara, unserer Älteren. Das zarte Gesicht ist schmäler, die

Nase wirkt im Verhältnis länger, hübsche, fein geformte kleine Ohren. Das Leben dieses Menschleins hat begonnen, liegt wie eingefaltet in diesem atmenden kleinen Wesen verborgen.

Auf den nächsten Seiten des Albums lächelt Clara in die Kamera, versucht mit ihren zwei Jahren die Schwester so gut es geht im Arm zu halten. Annie im August auf einer karierten Krabbeldecke im Schatten unter einem Baum. Zwei dürre Beinchen strecken sich aus einem dicken Windelpaket in die warme Sommerluft. Rundherum liegen Claras Sandspielsachen, bunte Förmchen, ein Kübel, eine Schaufel.
Bilder aus dem Sommer. Bilder aus dem Herbst. Annie blickt keck über Roberts Schulter, Annie zieht Gesichter, Annie lacht mit einem weit geöffneten, zahnlosen Mund. Wir tragen wieder Pullover. Clara zeigt stolz auf einen Korb mit Äpfeln. Clara hält Kastanien mit vorgestreckten Händen ins Bild, Annie liegt wohl im Kinderwagen, der danebensteht.

Danach sind ein paar überbelichtete Fotos aus der Adventszeit zu sehen: Clara schaut in die Kerzen auf dem Adventskranz. Ich halte Annie auf dem Arm. Die

Flammen der Kerzen spiegeln sich in unseren Augen. Ich bin auf diesen Fotos vierundzwanzig Jahre alt, Clara zwei Jahre, Annie vier Monate. Ich staune wie jung ich war, ein Mädchen aus heutiger Sicht. Meine damals dunklen Locken sind jetzt weiß.
Eines dieser Bilder steht in meinem Regal, es ist die letzte Aufnahme von Annie. Kein Foto, das man normalerweise ins Album kleben würde, wie hinter einem hellen Schleier, etwas unscharf und dadurch in eine gewisse Ferne gerückt. Es muss Licht in den Apparat gekommen sein, vielleicht habe ich auch den Film ungeschickt aus der Kamera gezogen, wollte panisch die letzten Aufnahmen retten, wenigstens die Aufnahmen.
Sie erinnern an diesen Winterabend vor fast vierzig Jahren, bestätigen, dass es so war, dass wir damals zu viert um den Kranz mit den Kerzen gesessen sind.

Zuletzt klebt die Todesanzeige im Album – es ist nur ein Ausschnitt aus der lokalen Zeitung, dünnes, graues Papier, fünf mal fünf Zentimeter groß. Um einen Parte-Zettel drucken zu lassen und an Familie und Freunde zu verschicken, fehlte uns die Kraft. Dunkle Tage folgten, eine kalte, tiefe Traurigkeit.

Zuletzt also diese kleine Zeitungsannonce, die vermeldete, aber nicht im geringsten ausdrücken konnte, was passiert war: Am dreizehnten Dezember 1984 hatte sich die Erde aufgetan! Annie, unser Kind, hat uns für immer verlassen.

Es gibt keine weiteren Aufnahmen, im Album folgen leere, weiße Blätter.

* * *

Über den Tod lässt sich nicht schreiben.
Lediglich die Umstände, die Abläufe, die Situation, in die der Tod einbricht, lassen sich beschreiben. Der Tod selbst hat keinen Namen, keine Gestalt, er agiert im Dunklen.
Das Vorher und das Nachher lässt sich erzählen.
Der Tod nicht.
Er hat meine kleine Tochter geholt und dadurch ein Loch ins Gewebe meines Lebens gerissen. Mein Leben ging weiter, ich konnte mich zeitweise weit von diesem Einschlag entfernen, ihn verdrängen, mich ablenken.
Jetzt wird mein Leben nach den turbulenten Zeiten der Kindererziehung und der Berufstätigkeit ruhiger und es ist die Zeit gekommen, aufzuschreiben, was von diesem Einbruch, von diesem Raubzug des Todes geblieben ist. Es ist Zeit, zu erzählen, wie sich eine Art neuer Haut gebildet und sich mein Verständnis des Lebens verändert hat.
Ich werde die leeren, weißen Seiten in Annies Fotoalbum auch mit dem Schmerz beschreiben, der mich begleitet. Und ich will festhalten, wie sich eine leise Stimme zeigte, etwas Stilles, das irgendwann dem Schrei und der Auflehnung folgte. Wie sich die Leere

mit neuen Bildern füllte. Aus der Abwesenheit meines Kindes wurde eine neue Gegenwärtigkeit, eine neue Verbundenheit mit allem Lebendigen.

Ich werde Annies Fotoalbum weiterführen.
Jahrelang trug ich meinen Schmerz verschlossen mit mir herum. Manchmal, wenn jemand nachfragte, erzählte ich von Annies Tod. Doch mein Empfinden hat sich mit den Jahren verändert. Meine frühere Erzählung fühlte sich im Lauf der Zeit falsch oder zumindest unzureichend an, wurde mehr und mehr ein stereotyper Bericht und deckte sich immer weniger mit meinem gewandelten Empfinden. Die Zeit hat eine Art von Heilung über die Wunde gelegt. Kein Vergessen, weiterhin kommen mir die Tränen, aber neue Fäden haben sich über den großen Riss im Gewebe meines Lebens gelegt. Wie die Altweibersommer-Fäden der jungen Baldachinspinnen haben Beobachtungen, Gedanken und Erfahrungen ein Netz über die Wunde gesponnen, ein Gespinst von dem ich erzählen möchte.
Die Geschichte von Annie ist im Lauf der Zeit eine Geschichte darüber geworden, was der Tod mit dem Leben macht, und wie aus der Erfahrung der

Zerbrechlichkeit unserer Normalität eine neue, dem Leben und allem Lebendigen zugewandte Einstellung wachsen kann.
So werde ich versuchen, das Neue, das ich ausgehend von Annies Tod im Lauf der Zeit gefunden habe, in meinen Texten anzusprechen. Meine über die Jahrzehnte gewachsene Sammlung von Beobachtungen und Überlegungen bringt zwar keine Erkenntnisse über den Tod, aber vielleicht über das Leben.

* * *

ENDE FEBRUAR 1984

In den dicken Steinmauern des alten Hauses steckte noch die Kälte des Winters, aber untertags wärmte nun endlich wieder die Sonne.
Bunte Gartenvögel hüpften durch die Johannisbeersträucher und den Flieder. Sie piepsten, tschilpten, manchmal zwitscherten sie eine kurze Strophe aus ihren winterengen Kehlen. Kleine Signale, wie Verortungen, Botschaften an die Welt: Hier sind wir, hier, lebendig und frühlingsfroh!

Clara schaufelte nasse Schneeklumpen in ihre Schubkarre, als sammelte sie die Reste des Winters ein. Ich saß an der Hausmauer in der Sonne. Vor mir tropfte Schmelzwasser von der Regenrinne, *tap, tap-tap – tap, tap*. Die Tropfen zeichneten eine dunkle Linie auf die Steinplatten der Veranda. Eine Katze schnürte leichtfüßig über die Firnkruste davon.

Seit ein paar Tagen spürte ich das Baby in meinem Bauch. Anfangs nur ganz leicht – war es das wirklich? – aber bald schon deutlich: Vielleicht war das ein Händchen oder ein Fuß, stieß der Kopf oder legte sich der kleine Rücken an? Noch hatte es ja viel

Bewegungsraum, konnte leicht Purzelbäume schlagen.
Clara spielte selbstvergessen in der hellen Mittagssonne. Ich legte die Hände hinspürend auf meinen Bauch.

* * *

IM ULTRASCHALLGERÄT
sah der Arzt, dass es ein kleines Mädchen, unsere zweite Tochter, Claras Schwester war.
Ich stellte sie mir ähnlich wie unsere Erste vor, ein lustiges, lebhaftes Mädchen mit hellen Augen und dunklem, gelockten Haar.
Ich sah sie in einem Kleidchen vor mir. Und Clara war in meinen Tagträumen die Große, die ihre kleine Schwester begleitete und sie, auf noch unsicheren Beinchen, an der Hand führte.
Ich begann Schwestern zu beobachten, kleine Mädchen, wie ähnlich, wie verschieden konnten sie doch aussehen! Papa-Kind, Mama-Kind, ganz die Oma.
Wie vertraut sie oft miteinander waren. Die Geschwisterbeziehung würde unsere Familie bereichern, bald wären wir Eltern mit Kindern.

* * *

## EIN LÄCHELN

Auf dem Holzboden im Spielzimmer hat Clara ihren Bauernhof aufgebaut. Die Wiesen und Felder, auf denen die Schafe und Kühe stehen, sind von Holzklötzen eingefasst. Sie schiebt laut tuckernd einen kleinen, grünen Traktor über den Boden.

Annie braucht eine neue Windel. Der Wickeltisch steht am Fenster, der Blick geht auf den Gemüsegarten. Alles ist abgeerntet, nur ein paar lila Herbstastern blühen noch. Es ist November, mein Juli-Kind ist vier Monate alt.

Annies Augen suchen Clara, sie kann aber die Schwester jetzt, auf dem Wickelpolster liegend, nicht sehen. Sie wendet mir ihren Blick zu. Wir beide versinken für kurz, wie von einer großen Luftblase umhüllt, im Meer eines Augenblicks. Ich beuge mich zu ihr und ein freudiges Erkennen, ein offenes Lachen geht über dieses zarte, kleine Gesicht. Wenn ich mich etwas aufrichte und damit entferne, mischt sich eine Frage in ihren wachen Blick. Ich antworte ihr mit den Augen: Nein, Annie, keine Sorge, ich bin hier, ganz nah bei dir.

Diese bezaubernde Scheu, wenn ich mich nah zu ihr hinunterbeuge! Das Köpfchen schief, die Augen

zusammengezwickt, eine kleine Falte läuft über die Nase, wenn ich ganz nah komme, um mein Gesicht an ihres zu legen.
Annie zappelt vergnügt auf der trockenen, frischen Windel. Sie öffnet lachend den Mund und zwei winzige Zähne kommen zum Vorschein. Meine Hände streicheln das runde Bäuchlein, fahren die Beine entlang bis zu den Füßen.
Annie schaut nach innen, spürt den Berührungen nach, keckert, wenn ich mit dem Daumen die winzigen Fußsohlen bis zu den Zehenspitzen ausstreiche. Der Mund ist weit offen, sie gluckst und strampelt wild.
Wir atmen Zärtlichkeit, beide, gemeinsam.

* * *

## DUFTLINGE

Säuglinge tragen noch den Duft des Paradieses an sich. Am Haarwirbel auf dem Hinterkopf riechen die kleinen Ankömmlinge so unvergleichlich wunderbar!
Duftlinge sind sie, die erst nach und nach zu Erdlingen werden.

* * *

*MITTE DEZEMBER*
*Du warst vier Monate alt, als du nachmittags, während des Schlafs aufgehört hast zu atmen. Im Tiefschlaf, von einem zum anderen Moment hast du die Welt, hast du uns verlassen.*

*Es war Winter, der Boden oberflächlich gefroren, die Halme auf der Wiese überzogen vom Raureif, eine dünne Schneeschicht wie Spitzengewebe auf den Wiesen.*

*Am frühen Nachmittag, du warst müde, solltest schlafen und wolltest nicht, du weintest. Warm eingewickelt schob ich dich über die Schotterstraße vor dem Haus.*
*Der Kinderwagen holperte, du hast dich allmählich beruhigt und endlich in den Schlaf gefunden. Ich ging zurück ins Haus und stellte den Wagen in ein Nebenzimmer ans offene Fenster.*
*Später, gegen drei Uhr, sah ich nach dir. Du machtest ein kleines Geräusch, ein zartes Stöhnen, wie Babys es tun, wenn sie die Beine anziehen und das Köpfchen wenden.*
*Es kam Besuch, Arbeitskolleginnen, die den kleinen Ankömmling sehen wollten.*

*Gegen halb fünf ging ich, um dich zu wecken.*

*Da warst du fortgegangen.*
*Dein kleiner Körper war leblos und kalt.*
*Ich konnte dich nicht mehr zurückholen.*

* * *

MEINE BRUST
war heiß und prall gefüllt mit Muttermilch. Ich bekam homöopathische Medikamente und machte kalte Umschläge, um eine Entzündung zu verhindern. Es gab keinen Säugling mehr, keinen kleinen, hungrigen Mund, der sich, Nahrung suchend, zur Seite drehte. Die weiße Milch färbte meine Kleidung dunkel.

* * *

ELF TAGE SPÄTER
war Weihnachten. Ein Baum mit Kerzen hielt uns in bemühter Normalität. Ein paar kleine Geschenke für Clara wickelte ich in zerknittertes Geschenkpapier aus dem Vorjahr. Sie freute sich am bunten Papier und an den Bändern. Wir spielten an diesem langen, dunklen Abend mit ihr, waren froh, dass sie bei uns war, dass wir nicht alleine waren.

Unter den Päckchen, die schon mit der Post angekommen waren, war eines mit einer kleinen Wollmütze für Annie. Sie war weich und weiß, hatte rosa und hellblaue Streifen und lange Bindebänder. Clara setzte sie ihrer Puppe auf.

* * *

## trittsteine

über den fluss
im japanischen garten
durch den zu wellen gerechten kies
auf den berg
um den fuß sicher zu setzen
um den weg zu zeigen
um den weg zu finden

ICH SAMMLE KUNSTPOSTKARTEN mit Darstellungen von kleinen Mädchen. Liebe und zarte, freche und vergnügte Mädchen, einige blicken melancholisch, manche verträumt.
Selten sind die Mädchen nur für sich selbst, als eben dieses eine Mädchen, abgebildet. Zumeist erzählen die Farbgebung und die abgebildeten Attribute vom Umfeld, von einer Vergangenheit oder einer Zukunft, die der Maler, oft der Vater, andeuten wollte.
Ich liebe es, die Verschiedenartigkeit der Kinder aus den Bildern zu lesen, mag es, wie der künstlerische Blick viele Möglichkeiten des Werdens aufspürt und ausdrückt, wie nah und vertraut der Maler oft dem Mädchen ist.
So und auch ganz anders wäre meine kleine Annie gewesen.

Ferdinand Georg Waldmüller zeigt ein kleines Mädchen, die vierjährige Komtesse E., mit rosig zarter Haut, das aus einer steinernen Maueröffnung blickt. Lieschen, ich bin mir sicher, sie wird mit einem Kosenamen gerufen, trägt ein luftiges, weißes Sommerkleid mit einem weiten Ausschnitt und Puffärmeln. Ein ganz winzig kleines Stück einer rosa Schärpe, wohl aus

Ein liebevolles Schmunzeln spricht aus der Abbildung – und die Freude des Vaters an seiner kleinen, energischen Tochter.

* * *

IM WIENER MUSIKVEREIN
spielen die Wiener Symphoniker die Orchesterversion von Ravels „Pavane pour une infante défunte", den „Schreittanz für eine verstorbene Infantin".

Schon die ersten Takte der „Pavane" entführen mich in meine Kindheit, in die Wohnung meiner Nenntante Nora. Tante Nora lebte alleine im Parterre einer alten Villa. Wenn ich sie darum bat, legte sie große Rollen mit langen Lochstreifen aus vergilbtem Karton in ihren automatischen Flügel, ihr Zauberklavier ein. Ein Mechanismus drehte die Rollen und die Tasten des Klaviers bewegten sich von selbst auf und ab.
Von einem unsichtbaren Pianisten gespielt, erklingt Klaviermusik und erfüllt den großen Salon.
Gedämpftes Licht fällt auf die dunklen, polierten Möbel und die Ölbilder in den dicken Goldrahmen. Große Spiegel lassen die gläsernen Lüster an der Decke funkeln und führen das Licht und den Klang von einem Raum in den nächsten. Ein Geruch von Puder und *Coco Chanel* umgibt uns, Tante Nora liebt mich auf eine parfümierte, verwöhnende Art. Ihr gepudertes Gesicht kommt mir zu nahe, sie riecht

aus dem Mund. Ich bin klein, vielleicht fünf oder sechs Jahre, sitze brav neben der Tante auf einem der zierlichen Sofas und der Flügel spielt genau diese Musik, die „Pavane pour une infante défunte“ von Ravel.
Später wird Tante Nora mich an ihre fleckige Hand mit den klimpernden Armreifen und den vielen Ringen nehmen. Wir gehen hinaus in den Garten und über den Kiesweg zu den ersten Schneeglöckchen oder den ersten Veilchen unter den alten Bäumen.

Vor meinem inneren Auge sehe ich eine kleine, spanische Infantin, wie auf einem der Gemälde von Velázquez. Sie führt auf zierlichen Füßchen in gebundenen, seidenen Schuhen die streng festgelegten Tanzschritte aus. Beinahe meine ich, die harten Anweisungen der Ballettmeisterin hinten im Saal zu hören. Das Kind stöhnt, es ist schwer, in einem engen Mieder und mit dem schweren Brokatrock alle Befehle wirklich so auszuführen, wie Mademoiselle es verlangt.
Das einleitende Motiv ist getragen, es erzählt vom Tod eines Kindes, weint um das junge Leben. Darauf kommt eine Phrase wie eine ungläubige Frage, ob das

wirklich wahr sei, ob denn so etwas möglich wäre: Die Prinzessin, die große Liebe und Hoffnung ihrer Eltern, tot, wirklich tot?
Ja, sie ist tot. Bestätigende, strenge Akkorde.

Und dann die frohen Erinnerungen an die Schönheit und Grazie des Kindes. Die Flöten setzen ein und tragen die Erinnerungen weit aus der Vergangenheit herüber. Zart, glitzernd, perlend wie Wasser lassen sie wiedererstehen, was nun nicht mehr ist, umspielen die Leere.

Ich bin mir sicher, als kleines Mädchen diese Musik gehört zu haben, zusammen mit den Gerüchen und den Erinnerungen an Tante Nora ist sie sofort wieder-aufgetaucht. Ich höre eine Melodie, die den Tod als unbegreifliche Tatsache umkreist und die zurück gebliebene Leere liebevoll einhüllt. Heute ist es für mich die „Pavane für Annie“, das kleine Mädchen, das aus der Zeit gefallen ist.

***

memento!

Roland Barthes sagt im Andenken an
seine Mutter:
*Memento illam vixisse!*
Man muss sich daran erinnern, dass sie
gelebt hat!

nicht notwendig ein denkmal setzen
aber eine verpflichtung
sie nicht verloren gehen zu lassen

der abwesenden muss gedacht werden
die absenz ist und bleibt präsent –
den schmerz wegschreiben

eine andere stofflichkeit
kein gewicht, eher eine dichte, die jetzt
wahrnehmbar ist in der stille

verschwommen
wie durch einen nebel
erahne ich sie

was bleibt von einem kind, das
so klein,
erst im werden war

von anderen haben wir
erinnerungen, sie hatten kontur,
annie hatte erst begonnen zu sein

WÄRE ANNIE NOCH AM LEBEN,
wenn ich sie damals, als sie nicht schlafen wollte, als sie weinte, weil sie nicht in ihren Mittagsschlaf fand, aus dem Wagen genommen hätte? Hätte ich den Tod verhindern können, wenn ich nicht mit ihr spazieren gegangen wäre, um sie in den Schlaf zu schaukeln? Würde sie heute noch leben oder wäre sie an einem anderen Tag, in einer anderen Nacht im Schlaf geblieben?

Es gibt verschiedene Theorien über den Plötzlichen Kindstod. Über viele Jahre las ich jeden Artikel zu diesem Thema. Vielleicht war es ein Glück, dass es damals noch kein Internet gab. Immer und immer wieder: Warum, warum nur? Vielleicht wäre ich in den Weiten des Internets auf der Suche nach einem Grund verrückt geworden.
Am plausibelsten erscheint mir die Theorie, dass bei manchen Kindern das Atemzentrum im Gehirn nicht ausgereift ist. Im Tiefschlaf sendet das Hirn keinen Impuls und der Atem setzt aus. Es betrifft Buben mehr als Mädchen und nach dem ersten Lebensjahr gibt es kaum noch Fälle von Plötzlichem Kindstod.

Auch Jakob, unser drittes Kind, schien diese Entwicklungsverzögerung zu haben. Auf Anraten des Arztes überwachten wir seinen Schlaf mit einem Sensor, der beim Aussetzen der Atmung Alarm gab.
Zwei Mal holte ich Jakob wieder ins Leben zurück.
Zwei Mal hatte er bereits den Weg hinüber angetreten.
In Panik riss ich ihn an mich und aus dem Tod.
Was für eine schreckliche Wiederholung!
Aber er ist bei uns geblieben.

Jahre später wird in einem Erste-Hilfe-Kurs an einer Babypuppe die Wiederbelebung geübt. Der nackte, kalte Plastikkörper wird reihum gereicht. Ich übernehme sie vom Nachbarn, kann sie aber nicht halten, lasse sie fallen, verlasse verstört den Raum.

* * *

*MEINE KLEINE ANNIE,*
*meine Erinnerung geht zurück in unsere gemeinsame Zeit. Immer noch, nun seit fast vierzig Jahren.*
*Du bist 40 Wochen in mir groß geworden und hast 20 Wochen mit uns gelebt. Meine Erinnerungen können und wollen dich nicht loslassen.*
*Du lebst in meinen Gedanken. Bist da, wenn ich zwei kleine Mädchen sehe, die ihr zwei Schwestern, Clara und du, hättet sein können. Wenn ich junge Frauen sehe, die mich im Aussehen, in der Art, im Alter, in irgendeiner Eigenschaft an dich erinnern. So hättest du sein können, genauso alt, noch jünger, schon älter wärest du heute.*
*In meinen Nichten erkenne ich dich. Wenn ich eine Mutter mit ihrer Tochter, einen Vater mit seiner Tochter, wenn ich Geschwister miteinander sehe. Dein Tod hat ein Loch in mein Leben gerissen. Aber es gibt Fäden der Verbundenheit.*
*Alle sind du. Du bist in allen denkbaren, aber nicht gelebten Möglichkeiten deines kurzen Lebens.*

***

## SPASS

Die Kinder einer jüngeren Freundin gehen in einen Kindergarten in meiner Nähe. Bei jedem Wetter sieht man dort Kindergruppen im Freien spielen. Neulich, bei Schneeregen, komme ich vorbei und sehe gleich die beiden Mädchen. Im Vollkörper-Gummioutfit klatschen sie mit Besen und Stöcken in die Pfützen jubeln, stampfen und spritzen und sind sehr vergnügt.
Ich fotografiere die Freude und das schlammige Plantschen mit dem Handy und schicke das Bild der Mutter: So lustig, deine Zwei!
Sofort kommt die Antwort: Diese Dreckspatzen ☺!

* * *

## WABI-SABI

*beauty is imperfection and impermanence*

*appreciate the aging process!*

Molly Martin

Molly Martin, eine britische Textilkünstlerin, schreibt in *The Art of Repair*, einer Anleitung zu künstlerischer Restaurierung von Textilien, darüber, wie man im Tun, in der Hinwendung das Gefühl der Hilflosigkeit bekämpfen und den Verfall umwandeln könne.
Zuerst müsse das Sosein, also der Lauf der Welt, das Loch im Socken, der fadenscheinige Ellbogen im Pullover akzeptiert werden. Die Hinwendung zu den abgewetzten Stellen, den Löchern, dem Aufgetrennten verbinde einen mit dem Gang aller Dinge, überwinde Trauer und Bedauern und schaffe Verbundenheit.

Die Reparatur, das Einfügen neuer Fäden und neuer Stoffe trage nach und nach zur Schönheit des Stückes bei. Im Sinne der japanischen Lehre von *Wabi-Sabi* hat nicht Perfektion, Gleichförmigkeit, das Glatte und

Wiederholbare, nicht die Serienproduktion Schönheit, sondern das Einmalige, das Gewordene, das im Strom des Lebens geformte.

Zu Flicken bedeute, Brücken zwischen den verbliebenen Fäden / Inseln / dem Unverletzten zu bauen. Zu reparieren schaffe Zuversicht. Und Schönheit.

* * *

## OLIVENBÄUME

Oliven im Garten Gethsemane, außerhalb der Stadtmauer von Jerusalem, am Hang des Ölbergs. Darunter sind einige sehr alte Exemplare, zerklüftete Stämme. Baumruinen. Stämme, die sich geteilt und manchmal weiter oben wieder verbunden haben, Teile von Stämmen, die auseinander gewandert sind, jetzt auf einer breiten, gemeinsamen Wurzelbasis stehen und mehrere Bäume bilden, sich aus dem einen Urbaum, der einen Urmutter in die Höhe strecken. Zerklüftete Stämme mit alter, grober Borke außen und glattem, hartem Holz innen. Das Holz wirkt wie Stein, ist aber warm, gehört ins Jetzt, nimmt Anteil. Genau dort, wo der Stamm tot und saftlos aussieht, treibt wieder ein junger Ast aus. Ein Ast mit glatter Rinde, der Blätter hat und Früchte trägt.

Alte Ölbäume auf den Feldern bei Agrigent. Männer breiten Planen auf die Erde, packen mit strombetriebenen Greifzangen die Fruchtäste und rütteln grüne Oliven von den Bäumen. Es ist ein weites Feld mit alten, uralten aber auch jungen Bäumen, mit Exemplaren aus vielen Jahrzehnten, vielleicht Jahrhunderten. Die alten stehen neben jungen, nachgepflanzten Stämmen. Darunter die trockene, rote Erde und die Reste des schon geernteten Getreides. Verdrehtes, Aufwerfungen, Ausstülpungen, Wucherungen wie gotische Wasserspeier treten aus den Stämmen hervor. Borkenleisten wie erlegte Monster, besiegte Drachen – und daneben wieder ein junger Trieb, ein Nichtaufgeber, ein Saftträger, einer, der Oliven trägt. Die vielen, kleinen Blätter mit einer reflektierenden, silbrigen Schicht als Schutz vor der stechenden Sonne und dem austrocknenden Wind. Schutz vor dem nicht Ertragbaren. Kleine, unscheinbare Blüten, kleine Früchte. Früchte des Lebens, grün und schwarz. Unspektakulär und zugleich essentiell.

Teile der Stämme wirken wie abgestorben, sehen aus, als hätte sie sich über die Jahrzehnte (Jahrhunderte?) aufgegeben. Aber sie haben sich nur in sich zurückgezogen, sind lebendig und treiben manchmal ganz unverhofft aus. Durch die Verwundungen, Verdrehungen, Blitzeinschläge, durch schlechte Jahre und eisige Winterwinde sind diese Bäume zu einzigartigen Skulpturen geworden. Es ist von den Jahren gedrehtes, gespaltenes, gekrümmtes Holz. Keine protzigen, verwertbaren Stämme, aber lebendige, sich fortentwickelnde Wesenheiten. Zäh und winddurchströmt, immer weiterwachsend und fruchtend.

***

## WOMAN AND CHILD

Eigentlich wollte ich die Architektur des eben umgebauten Museums anschauen, doch gerate ich in eine Ausstellung zum Thema Familie.
Eine lebensgroße, naturalistische Skulptur des australischen Bildhauers Sam Jinks fasziniert mich. Aus Silikon, Latex und Harz über einer inneren Struktur hat Sam Jinks die unglaublich lebensnahe Abbildung einer eher kleinen, zierlichen, alten Frau geformt. Sie trägt nur ein Unterkleid, die Füße, Beine und Arme sind nackt, ihr silbergraues Haar ist am Hinterkopf zu einem Knoten zusammengebunden. Sorgsam hält sie einen nackten Säugling. Wie andächtig, wie meditierend, wie horchend hat sie den Kopf ein wenig vorgeneigt.
Der Säugling, den die Frau vor ihrer Brust mit beiden Händen stützt, schmiegt sich in der typischen Haltung Neugeborener an sie, die Beine angewinkelt, die Fäustchen geschlossen. Er scheint kaum ein paar Stunden alt zu sein, blinzelt, als sei ihm das Tageslicht zu hell. Er ist nackt, die Haut gerötet, der Haarflaum am Kopf glänzt feucht.
Was liegt vor dem Anfang, was kommt nach dem Ende des Lebens?

Die Haut der alten Frau zeigt Falten, Flecken und hervortretenden Adern. Jetzt, mit dem Säugling am Arm, scheint sich ein Kreis zu schließen. Wie Hannah bei der Vorstellung Jesu im Tempel scheint sie zu beten: „Gott hat Erbarmen gezeigt“ – jetzt, nachdem sie das Kind gesehen hat, kann ihr Leben erfüllt zu Ende gehen.

Die Frau hat die Augen bereits akzeptierend, bejahend, einwilligend geschlossen. Das kleine Kind beginnt sein Leben, lernt erst die Augen zu öffnen, blinzelt, erkennt noch nicht, wird mit jedem Tag mehr auf dieser Welt ankommen. Die Alte trägt „ihr letztes Hemd“, sie braucht keine Schuhe und keinen Mantel mehr. Ihre Tage sind gezählt, ihre Kämpfe sind ausgefochten, sie ist bereit für die letzte, große Reise ins Unbekannte.

Ihr Körper wird zu Erde oder zu Asche. Und ihre Seele? Und alles, was sie ausgemacht hat? Wird sie nur im Bewusstsein, in der Erinnerung derer, die sie gekannt haben, weiterleben oder gibt es einen Ort und ein anderes Leben für die Seelen?

Das Kind ist noch nackt – wo kommt es her?
Es ist hineingeboren in eine Familie, hat den Weg zwischen Geburt und Tod gerade erst begonnen.

* * *

# DIE TEESCHALE

*there is a crack in everything,*
*that's where the light comes in,*
*that's where the light comes in …*
Leonard Cohen

Ein weiteres Stück dieser Ausstellung zum Thema Familie: In einer kleinen Vitrine steht auf Augenhöhe eine wunderbar harmonisch geformte, japanische Teeschale aus feinem, matt glasiertem Porzellan.
Eine Art „heilige" Gerätschaft für die Teezeremonie.
Die Schönheit dieses Gegenstands ehrt die Zeremonie und die Gemeinschaft. Eine Übung in Achtsamkeit.
Eine Ungeschicklichkeit – Erschrecken und Trauer, wenn eine Schale bricht!

Der Sprung, die Scherben können aber mit Gold wieder verbunden werden – in einer aufwändigen, langwierigen Prozedur, dem Kintsugi, kann die Schale (der Mensch / die Seele) wieder heil werden, kann Zerbrochenes wieder ganz werden, kann Schlimmes wieder gut werden, kann ein Trauma überschrieben werden, ein Streit beigelegt, kann wie nach einer Entschuldigung die Welt wieder hell werden, das Verkrampfte gelöst, das Verquere gerade …

So „geheilt" steht die reparierte Schale in der Vitrine. Ein Stückchen vom Rand war ausgebrochen und ein Sprung läuft die gebauchte Wölbung hinunter. Unter Zuwendung und mit Geschick wurden die Brüche mit Gold ausgefüllt. Die Schale hat durch das Gold und die Reparatur Charakter und Unverwechselbarkeit bekommen.

* * *

MOTHER _ DIE KINDER DER ISADORA DUNCAN
Ein Plakat kündigt einen Film über die Ausdruckstänzerin Isadora Duncan an, einen Film zu einer Choreographie, in der Isadora Duncan den Unfalltod ihrer beiden Kinder verarbeitet hat.
Über Isadora Duncan lese ich im Internet: Die Kinder, seien mit einem Chauffeur und ihrer Gouvernante im Paris des Jahres 1913 unterwegs gewesen, der Chauffeur sei ausgestiegen, um eine Panne am Wagen zu beheben, habe vergessen, die Handbremse anzuziehen, und der Wagen sei mit dem Kindermädchen und den beiden Kindern in die Seine gerollt. Alle drei sind ertrunken.

Auf den Kulturseiten meiner Tageszeitung steht:
Der Film von Damien Manivel habe in Locarno den Regiepreis erhalten. Les Enfants d'Isadora heißt der Film, MOTHER ist der Titel der Choreographie, die Isadora Duncan Jahre nach dem Unfalltod ihrer Kinder zu Musik von Skrjabin entwickelt hat.

Ich höre mir auf YouTube die Musik des Balletts an, Skrjabin, Opus 2 Nr. 1. Was spielt Horowitz da, was hören die Menschen, den Blick so nach innen gewandt? Was passiert mit den Tönen, die drängend sind, sich wiederholen, suchend um etwas kreisen – und schließlich verklingen?

An einem frühen Septemberabend gehe ich ins französische Programmkino. Im Saal sitzen weit voneinander entfernt, drei weitere Zuschauerinnen. Ist die eingenommene Distanz der Corona-Pandemie geschuldet oder vereinzelt uns ein gemeinsames, schreckliches Erlebnis?

Drei Geschichten werden erzählt, drei Annäherungen an Isadoras Choreographie MOTHER gezeigt.
Drei Frauen finden im Tanz Zugang zu ihren Verletzungen.
Zuerst ist es eine junge Tänzerin, die über die Lektüre von Isadora Duncans Biographie auf den Schicksalsschlag des Todes der Kinder und die Verarbeitung in der Choreographie MOTHER stößt. Agathe Bonitzer, eine junge, französische Schauspielerin, verkörpert im Film eine Balletttänzerin, die den Mut zu tanzen nach einem Unfall verloren hat.
Vorsichtig tastend beginnt sie sich MOTHER zu erarbeiten und wagt es über diese berührende Geschichte,

sich wieder einer körperlichen Herausforderung zu stellen.
Indem Isadora sie mit den Bewegungen in den Schmerz begleitet und deren Akzeptanz nachformt, beginnt sie selbst aus ihrem Schmerz herauszutreten.

Zur ruhigen Musik von Skrjabins Etüde Opus 2 Nr. 1 in c-Moll führt die Mutter angedeutet zwei kleine Kinder an der Hand. Sie gehen nebeneinander, wie auf ein Ziel zu. Die Musik drängt und hält im nächsten Augenblick wieder inne. Wird nachdenklich, retardierend, wirkt wie von einem Schleier überdeckt. Die Frau kniet nieder, deutet an, dass sie die kleinen Körper, die sie zuvor noch zart liebkoste und sanft wiegte, auf die Erde niederlegt. Sie formt mit den Bewegungen ihrer Hände die Köpfchen nach, fährt liebevoll an den Körpern hinab, streichelnd, bis zu den Füßen.
Noch einmal wiegt sie ein Kind, schließt es ganz fest in die Arme, und legt es daraufhin vor sich hin, tiefer als zuvor, wie in ein Grab. Und dann, plötzlich, öffnet sie die Arme, als entließe sie einen kleinen Vogel zu freiem Flug in den Himmel.

Die Musik nimmt die Reprise auf: Die Tänzerin umarmt wieder, liebkost und holt das imaginierte Kind wieder ganz nah zu sich heran. Als die Musik schließlich verklingt, entlässt sie endgültig die Seelen wie Vögel durch ein offenes Fenster in die Freiheit. Die Mutter sitzt dort am Boden, wo sie die kleinen Körper abgelegt hat. Es wird still. Sie ist in sich zusammengesunken. Doch bei den allerletzten Takten richtet sie sich auf und winkt, winkt einen letzten Gruß.

Der tanzende Körper tröstet die weinende Seele. Der tanzende Körper scheint die Bewegungen in sich vorzufinden. Duncan sagte: Mein Tanz hat jahrhundertelang vor sich hin geschlummert. Erst mein Kummer hat ihn erweckt.

In einem zweiten Anlauf sehen wir eine Tanzlehrerin (Marika Rizzi), die mit Manon (Manon Carpentier), einem Mädchen mit Down-Syndrom, die Choreographie MOTHER einstudiert. Wir spüren, wie nah der Lehrerin die Bewegungen gehen und wie sie ihre Emotionen unbedingt, eindringlich, fast schon bedrängend an das empfindsame Mädchen Manon weitergibt.

Bei einem gemeinsamen Ausflug erzählt die Tanzlehrerin von ihren beiden Kindern, die im Ausland leben. Bist du traurig?, fragt Manon, die so viel zu erspüren scheint.
Nein, traurig sei sie nicht, antwortet die Frau, aber sie vermisse ihre Kinder.
Die Vernunft, die Überzeugung, dass es der richtige Weg für die Kinder ist, soll die Trauer lindern. Ihr Kopf versucht das traurige Herz zu trösten.
Man fühlt, dass die Lehrerin auch für sich selbst den Trost des Körpers im Tanz braucht.

Die dritte Erzählung beginnt mit der Tanzaufführung von Manon vor Publikum. Wie gut es dem Mädchen gelingt, sich im Tanz auszudrücken, wird im Film anhand der gebannten Gesichter im Publikum gezeigt. Zuletzt bleibt die Kamera beim Gesicht einer älteren, farbigen Frau (Elsa Wolliaston) stehen.
Sie sitzt in einer der mittleren Reihen, Tränen laufen ihr beim Schlussapplaus über die Wangen. Großer Applaus für die glücklich strahlende Manon.
Aufbruch im Zuschauerraum. Elsa, so soll sie auch hier heißen, zieht ihre große, warme Jacke über und tritt einen langen Nachhauseweg an.

Während der Fahrt in einem fast leeren und sich zunehmend leerenden Bus sitzt sie am Fenster, den Blick hinaus gerichtet. Die dunkle Stadt mit ihren Lichtern gleitet draußen vorbei, zuerst belebt und hell beleuchtet, dann immer stiller und dunkler. Ganz weit draußen, an einer abgelegenen Haltestelle in einem Vorort, steigt sie aus. Sie betritt ein kleines, italienisches Lokal, grüßt vertraut den Kellner und stärkt sich mit einem Teller Spaghetti und einem Glas Rotwein, bevor sie zu Fuß die letzte Etappe ihres Heimwegs antritt. Es ist nicht die Gegend der breiten Boulevards, und keine schmiedeeisernen Zäune oder große Villen stehen dort. Durch spärlich beleuchtete Gassen, vorbei an Bretterzäunen und Müllhaufen, an alten Autos und über aufgebrochenen Asphalt führt ihr Weg. Eine Gruppe lauter, junger Männer überholt sie, ohne die alte Frau auch nur zu bemerken.

Elsa schleppt sich dahin, der lange Weg ist ihr beschwerlich, ihr Gang und ihr alter Körper sind müde. Sie rastet, stützt sich an einem Bretterzaun ab, atmet schwer und setzt den Weg fort, bis sie endlich zu einer Plattenbau-Siedlung kommt. Ein enger Lift bringt sie nach oben, über abgetretene Flure und vorbei an

beschmierten Wänden. Schließlich öffnet sie eine der vielen gleichen, ockerbraunen Türen.
Die Kamera schwenkt über einfache Einrichtungsgegenstände, leichte Korbmöbel, afrikanische Stoffe, ein paar liebevoll ausgewählte Gegenstände. Elsa legt ihre Jacke, die Handtasche und die Schuhe ab. Sie wirft sich einen Kaftan aus einem groß gemusterten, afrikanischen Stoff über.
Sie tritt an ein halbhohes Bücherregal, auf dem ein kleiner Altar arrangiert ist. Neben der gerahmten Fotografie eines etwa zehnjährigen Buben im Sportdress steht eine Grünpflanze. Sie entzündet ein Räucherstäbchen und schließt die Augen. Sie faltet die Hände vor der Stirn, neigt den Kopf und steckt das glimmende Stäbchen in eine Halterung vor dem Bild des Buben.
Dann geht sie zum Fenster, es ist spät, in den umstehenden Wohntürmen sind kaum noch Fenster erleuchtet.
Wie Manon, die Tänzerin in Isadoras Choreographie, wiegt Elsa dort vor dem weiten Nachthimmel ein imaginäres, ihr verlorenes Kind in den Armen.
Sie wiegt es und streichelt es und entlässt es schließlich. Es ist, als tröstete die Bewegung die weinende

Seele in ihrem Körper. Sie wiegt sich unter Tränen. Sie atmet die dunkle Nacht.

Auf dem Rückweg am Fahrrad trocknet mir der Fahrtwind die Augen.
Die Bilder und die Töne sind noch in mir.
An wie vielen nächtlichen Fenstern bin ich seit Annies Tod gestanden!

* * *

SEIT DAMALS
bin ich mehrmals umgezogen. In jeder neuen Wohnung steht der Rahmen mit den letzten Fotografien von Annie in meinem Bücherregal.
Drei ausgeblichene Farbbilder sind auf taubenblauer Seide untereinander angeordnet. Eines der Fotos ist etwas verrutscht und man sieht, dass der Stoff einmal dunkelblau war. Wie tiefes Wasser, wie der Nachthimmel.
Das Baby liegt auf einem weißen Kissen und schaut mit großen Augen direkt in die Kamera. Die Fäuste liegen rechts und links neben dem Kopf. Im dunklen Haarflaum erkennt man kleine Löckchen. Die gewellte Oberlippe und die Nasenspitze zeigen eine Ähnlichkeit zu mir.

* * *

## NICHT ERWACHEN

Die Nacht war ruhig, dunkel, schwarz, kaum wahrgenommen, vorbeigeflogen sind die schwarzen Vögel.

Vor Tränenerschöpfung war ich wie tot, ausgelaufen, ausgetrocknet zu Bett gegangen, niedergefallen, totentief eingeschlafen. Ebenso war Clara spät und unglücklich eingeschlafen und hatte bis zum frühen Morgen, bis zur ersten Dämmerung, als man die Konturen der Möbel und des Fensters wieder erkennen konnte, geschlafen.

Jetzt höre ich sie schluchzend aufwachen, leise – vielleicht will sie die bösen Geister, die Gefahren nicht wecken –, versteckt sich unter der Decke, traut sich nicht aus dem Gitterbett zu klettern. Sie wagt nicht, den kleinen Fuß auf diesen Boden zu setzen, auf den Boden, der wankt, der sich öffnet, der auch sie verschlucken könnte, auch sie plötzlich mitreißen könnte.

Ich hole Clara zu mir, ganz nah zu mir und wie die harte Schale einer Walnuss oder der Panzer einer großen Schildkröte lege ich mich um sie.

Wir haben ein kleines Lied, das wir beim Gehen singen, unterwegs singen, wenn der Weg lang wird.

Ich summe, meine Brust an ihrem Rücken, summe gegen die Angst.
Gegen die Angst, dass Annie nicht erwachen wird, gegen den Schrecken, dass das Baby nicht mehr in dem kleinen Bett am Fußende liegt, nicht aufwachen wird, nicht vom Summen geweckt worden sein wird, gegen die Angst, dass es nicht die Augen aufmachen wird, nicht den kleinen Mund suchend öffnen und die Brustwarze einsaugen wird, nicht die Milch des Morgens trinken wird.

* * *

## metamorphosen

daphne entzieht sich apoll
indem sie zum lorbeer
erstarrt

geht das auch in die andere richtung
vom stillen immergrün
zum leben?

vom kokon zum schmetterling
vom samen zur pflanze
vom schrei zum lächeln

## SCHMETTERLINGE I

Im Schmetterlingshaus sehe ich die Kinderstube der Schmetterlinge. Grüne, schwarze und bräunliche Kokons hängen kopfüber an einem Ast. Man hat sie dort befestigt, damit Interessierte das Schlüpfen verfolgen können. Aus manchen Kokons sind schon Schmetterlinge geschlüpft, nur teilweise, halb oder zur Gänze haben sie sich aus der Umhüllung befreit. Es ist anfangs nicht zu erkennen, welcher Art sie angehören, noch sind die Flügel geschlossen, das Schillernde, die kräftigen Farben sind verborgen. Sie schlüpfen kopfüber, sagt die Pflegerin, und hängen dann noch eine Weile mit dem Kopf nach unten, denn ihre Beine sind so weich, dass sie das eigene Körpergewicht nicht tragen könnten. Einige dunkle Insektenkörper hängen kopfüber an überlangen, abgewinkelten Beinen an diesem Ast. Nach ein, zwei Tagen sei das Chitin ausgehärtet, dann entfalteten sich erst die Flügel, erst dann sei die Imago ausgereift. Die erwachsenen Schmetterlinge in schillerndem Türkis, in Weiß-Schwarz, gelb gemustert, schaukeln zwischen Palmen und leuchtenden, tropischen Blüten dahin.

* * *

Annie starb mit vier Monaten. In meiner Erinnerung sind nur wenige Bilder gespeichert. Ein kleines Mädchen. Ansätze von dunklen Locken. Lieb, freundlich, bezaubernd lächelnd. Ein Brustkind noch, nach der Brust suchend, hungrig nuckelnd und dann satt in tiefen Schlaf eintauchend.
Wer war Annie?

* * *

In meinem Tagebuch finde ich einen Eintrag zu Annies viertem Geburtstag.

*Liebe Annie,*
*heute feierten wir Deinen vierten Geburtstag.*
*Ich stelle mir Dich vor, wie Du in einem hellen Sommerkleidchen auf mich zugelaufen kommst und mich anlachst, fragst, wann denn Papa endlich kommt und wir den Kuchen essen.*
*Es ist schwer, nicht mehr von Dir zu wissen.*
*Hättest Du helle oder dunkle Haare,*
*wem sähest Du ähnlich?*
*Was spieltest Du gerne?*
*Das werde ich nie erfahren.*
*Alles, was Du warst, bleibt im Dunklen.*
*Du fehlst mir so!*

* * *

## SCHMETTERLINGE II _ ASTYPALEA,
die Schmetterlingsinsel

Die kleine Propellermaschine, das Inseltaxi, überfliegt die Insel Astypalea, eigentlich eine Ansammlung von Aufwerfungen, eine ganze Menge an felsigen Bergen, steinigen Hügeln und einigen bewachsenen Flächen, die unter uns aus der tiefblauen Ägäis auftauchen.
Die beiden größten Landflächen sind miteinander durch eine schmale Landbrücke verbunden, sodass der Umriss der Insel an die Form eines Schmetterlings erinnert. Ein Schmetterling im Grau der Steine und, je nach Jahreszeit, im Grün oder Braun der Vegetation. Verteilt sieht man zwei große und mehrere kleine, hingetupfte, weiße Flecken aus Häusern.
Eine riesige Schmetterlingsform im tiefblauen Meer vor lichtblauem Himmel, umgeben von vielen kleinen, meist unbewohnten Inseln, Astypalea, die Schmetterlingsinsel.

Das kleine Flugzeug landet auf einem kurzen Rollfeld. Zu Fuß geht man hinüber zum Flughafengebäude, einer unspektakulären Betonschachtel. Frü-

her, erzählt man uns, seien die Koffer vor das Gebäude gestellt worden. Jetzt gebe es ein Kofferband, unsere Gastgeber lachen. Wie bei den „Großen“ werden nun die Koffer von außen durch einen Plastikvorhang geschoben, wandern dann auf fünf Meter Kofferband an den wenigen, gelandeten Passagieren vorbei und wieder hinaus ins Freie. Fortschritt auf der Insel. Ebenso die Elektrotankstellen für die PKWs. Die Insel arbeitet an ihrem grünen Image. Auch wenn das Elektrizitätswerk in einer Bucht nah am Meer liegt und der meiste Strom noch immer aus Diesel vom Tankschiff erzeugt wird.
Der Schmetterling, Astypalea, ist in der Entwicklung hin zu seiner grüneren, bunteren, ökologischeren Imago.

Wir sind eingeladen bei Freunden im Hauptort Astypalea, auf der Südwestseite des Dorfes mit Blick auf die Bucht und den Strand von Livadi.
Wie Höhenlinien liegen die weißen, würfeligen, in-, neben- und übereinandergeschichteten Inselhäuser an gepflasterten Fußwegen und den abenteuerlich schmalen Fahrstraßen. Weiß gekalkte Häuser mit bunt lackierten Holzteilen, Fensterrahmen, Türen und

Balkonen. Vielfach in hellenischem Blau, einige aber auch in anderen Blautönen, grünlich, rot oder gelb. Was aus der Luft aussah wie ein weißer Tupfen auf dem Flügel des Inselschmetterlings, zeigt sich nach der Landung als wunderbar differenziertes, buntes Bild griechischer Baugeschichte. Es geht treppauf und treppab durch die Häuserreihen, über kleine Plätze mit Tamarisken und Granatapfelbäumen, durch eine lebendige Abfolge markanter Schattenwürfe, vorbei an hübschen Eingangssituationen mit kleinen Bänken und Kübelpflanzen. Zwischen den Häusern blitzt immer wieder das Blau des Himmels und des Meeres durch. Auf der Kuppe des Berges sitzt die Ruine eines venezianischen Castellos, das im Lauf der wechselvollen Geschichte durch Piratenüberfälle mehrmals zerstört und aufgebaut und zerstört und aufgebaut wurde und jetzt renoviert wird. Sandhaufen und Baumaterial liegen unter zerrissenen, großen Plastikplanen im Hof. Alles geht seinen Gang in Inselzeit.

Es gibt ein archäologisches Museum, einige mäßig gut gesicherte Ausgrabungsstellen und einen antiken Mosaikboden, den man zu seinem Schutz, aber zu unserem Bedauern mit Sand überdeckt hat.

Gegen Ende unseres Aufenthalts fällt im Gespräch, wie beiläufig, eher als praktische Anweisung:

*Treffen wir uns nachher auf der Straße oberhalb vom Kinderfriedhof.*
*Kinderfriedhof?*
*Ja, dort auf der Straße vor dem Haus mit der senfgelben Tür.*

Die Straße, die senfgelbe Tür, unterhalb am Hang niedrige, braune Feldstein-Mauern, die kaum über das verdorrte Gras hinausreichen. Sie begrenzen kleine, etwa zimmergroße, fast quadratische Rechtecke. Ein Trampelfad führt hinunter.
Große, verrostete Baugitter liegen über den Mauern, schützen die Ausgrabungsstätte zumindest aufs Gröbste vor weiterem Zugriff.
Etwa einen Meter tief ist die Erde innerhalb der Mauern abgesenkt. Angewehter Müll, leere Plastikflaschen und Unkraut.

Kylindra ist der größte Kinderfriedhof der Ägäis.
Hier wurden in früharchaischer Zeit, vom 7. Jh. v. Chr.

bis ins 1. Jh. n. Chr., vor allem Säuglinge und einige Kleinkinder in Amphoren bestattet.
Zweitausendvierhundert Amphoren wurden gefunden. Die Gefäße stammen aus dem gesamten östlichen Mittelmeerraum. Die kleinen Toten wurden in Tongefäßen von weit her übers Meer gebracht und wie in Kokons, fest umschlossen von den tönernen Gefäßen, beerdigt.
Weshalb hier?
Weshalb in Gefäßen?
Weshalb an diesem südwestlich ausgerichteten Hang über dem Meer?
Weshalb auf Astypalea?
Weshalb wie in einem Kokon, einem Ruhestadium, wie vor der Verwandlung zur eigentlichen Gestalt, der Imago?
Wie eine Bitte / ein Wunsch / ein Gebet, dass die Seelen der Kinder sich auf der Schmetterlingsinsel verpuppen und zu neuem Leben erwachen / auffliegen / frei werden.

* * *

## SCHMETTERLINGE III,
Das Schmetterlingsreliquiar

Der Pieps meldet eine WhatsApp-Nachricht am Handy. Freundin Susanne hat ein Foto geschickt: ein Silberplättchen in Form eines Schmetterlings, vielleicht eine alte Brosche, mit gedrehten, silbernen Fühlern, an deren Enden Perlen sitzen. Vor dem schmalen Insektenkörper ist ein Kreuz mit einem Christuskörper zu sehen und rechts und links des Kreuzes auf den beiden Flügeln stehen zwei Figuren, der Tradition nach sicher Johannes, der Lieblingsjünger, und Maria, Jesu Mutter. Hinter den Figuren ist es blau und grün und violett und einige Tupfen zieren die Flügel.
Es muss eine alte Arbeit sein, weil die Darstellung zwar noch eindeutig zu erkennen, aber schon etwas abgestoßen ist.

Susanne schreibt, steht auf dem Bildschirm. Sie scheint ihren Text zum Foto einzutippen.
*sind vom urlaub zurück. zwischenstopp in regensburg. dom besichtigt. dies hier entdeckt: das schmetterlingsreliquiar.*

*ganz klein 3 x 5 cm. eine emaillearbeit. soll 700 jahre alt sein. haben sie bei der renovierung eines gotischen kreuzes entdeckt. in einem loch im hinterkopf des gekreuzigten. kreuzigung und schmetterling. der kleine tod und das bunte leben. die verwandlung. sei umarmt!*

***

## SCHMETTERLINGE IV

Unter den Büchern einer Freundin finde ich eines mit dieser Widmung:

*It's a fragile thing,*
*this dust on our wings*
*that gives us the power to fly.*
*It's a fragile thing,*
*this life that we live*
*that gives us the power to die.*

* * *

## MORSCH

Ich erinnere mich, dass mein Weg in den Kindergarten an einer Reihe alter Linden vorbeiführte. Die Stämme mit der borkigen Rinde hatten gewaltige Wucherungen. Aus unförmigen, schorfigen Beulen am Fuß der Bäume wuchsen viele junge Äste, die wie Borsten auf einer großen Warze aussahen.

Manche Linden hatten einen tiefen Riss im Stamm, und ich konnte, wenn ich mich auf die Zehen stellte, in das dunkle Loch hineinsehen. Es roch nach Wald und feuchtem Moos und, wenn ich hineingriff, bekam ich kleine Stücke des vermoderten Holzes zu fassen. Die harte Rinde umschloss einen ganz weichen, duftenden Kern.

Andere Bäume hatte man mit Beton und Ziegelsteinen ausgemauert.

Die Rinde legte sich wie mit einer dicken, aufgewölbten Lippe um die harte Füllung. So als zeige sie grinsend ein versteinertes Herz.

Lieber mochte ich die offenen Bäume. Sie waren ehrlicher. Morsch, aber lebendig wie der Wald.

* * *

KUMMERKOMPOST

Die Trauer ist aktiv, sie kommt und geht in Wellen.
Man kann darüber schweigen. Man kann darüber sprechen.
Man kann erzählen: Vormittags noch – dann der Mittagsschlaf – ich lag ja eine Weile daneben, ruhte mich aus. Als ich aufstand, dieses wohlige Stöhnen aus dem Kinderwagen, dem dicken Schaffellsack, das Köpfchen wendend – dann gegen siebzehn Uhr das kalte Kind.
Die Trauer ist noch da. Sie ist wie eine Wunde, die man nicht abkleben darf, Luft ranlassen muss, damit aller Schmutz nach oben kommt, herauseitert, schmerzhaft und reinigend. Wenn sich dann erst langsam, vom Rand her die Haut bildet, kratzt man die Kruste wieder und wieder ab, zieht sie ab, reißt wieder auf, was noch nicht ganz geheilt ist. Noch ist nicht die Zeit für vernarbte Haut. Etwas bleibt, wird jahrelang, jahrzehntelang bleiben. Bis eines Tages ohne Tränen davon erzählt werden kann.

Aber die Trauer ist nicht der Kummer. Die Trauer reinigt und ebbt langsam, ganz langsam ab.
Der Kummer sitzt in den Knochen, sitzt im Brustbein.

Der Kummer arbeitet innerlich. Man kann Wärmendes überziehen, sich einwickeln, grell kostümieren. Aber Katzenjammer steigt nach den Ablenkungen auf, nach billigem Vergnügen, nach banalem Spaß. Der Kummer kennt keine Alltagsgewöhnung, verträgt sich nicht mit dem „mondänen Leben“, wie Roland Barthes in seinem Tagebuch der Trauer sagt. Auf Kummerkompost wächst das Leben anders.

Fruchtbar werden für Neues, für neues, anderes Tun. Für einen anderen Blick aufs Leben, anders und fruchtbar aus der Erfahrung dieser letzten Grenze.

* * *

MOZART

Sir John Eliot Gardiner bringt W. A. Mozarts „Linzer Symphonie“ mit den English Baroque Soloists zur Aufführung.

Ein Auszug aus dem Programmheft:
„… am 17. Juni (1783) wurde dem jungen Paar ein Sohn (Raimund Leopold) geboren. Wolfgang und Constanze reisten Ende Juli nach Salzburg, um endlich die Familien miteinander bekannt zu machen; den Sohn ließen sie bei einer bekannten Familie in Wien zurück, wo er bald darauf, am 19. August, starb. In Salzburg gelangte unter anderem am 26. Oktober das Fragment der c-Moll-Messe, KV 427, zur Uraufführung, ehe Mozart (mit Constanze!) wieder die Rückreise antrat. …“
Es folgt im Text, dass Wolfgang und Constanze auf dem Weg nach Wien in Linz vom Grafen Thun herzlich aufgenommen wurden, dass Mozart dort die Linzer Symphonie geschrieben und Anfang November uraufgeführt hat. Erst danach kehrte das Paar nach Wien zurück.

Kaum zu glauben!
Am 17. Juni 1783 wird der erste Sohn Raimund Leopold geboren.
Die Eltern reisen Ende Juli nach Salzburg.
Raimund stirbt am 19. August in der Obhut einer anderen Familie in Wien.
Wolfgang und Constanze bleiben in Salzburg.
Am 26. Oktober Aufführung von Teilen der c-Moll-Messe in Salzburg.
Am 4. November Uraufführung der Linzer Symphonie in Linz.
Im November Rückreise nach Wien.

Constanze! Wolfgang!
Woran ist euer Kind gestorben?
Wie habt ihr die Nachricht aufgenommen?
Wie ging es dir, Wolfgang, und dir, Constanze?
Wie konntest du komponieren, Wolfgang?
Wer hat das Kind begraben? Und wo?
Wie konntet ihr zurückkehren nach Wien und weiterleben – nach all dem?
Wer oder was hat euch getröstet?

* * *

## TROST I

Das Foto aus dem Advent 1984 zeigt eine junge Frau, gerade vierundzwanzig ist sie, mit einem kleinen Baby. Ein paar Tage später wird dieses Kind gestorben sein. Der Mann wird zwei, drei Tage zuhause geblieben sein, sie werden miteinander geredet haben, werden zusammen auf der Bank am Kachelofen gesessen sein, das ältere, kleine Mädchen wird sich ängstlich angedrängt haben, wird viel auf dem Schoß gesessen sein, weinerlich, verstört.

Ein paar Freunde werden gekommen sein, unangekündigt, die Nachricht, die sich rasch herumgesprochen hat, wird sie hergetrieben haben. Sie werden plötzlich dagewesen sein, im Vorhaus gestanden, am Küchentisch gesessen, wenn sie Karotten geschält haben wird, wenn sie das Essen wie immer vorbereitet haben wird. Ja, es wird richtig gewesen sein, was man sich erzählt haben wird. In Stücke wird sie die Karotten zerteilt haben, in abgebrochenen, zerbrochenen Sätzen wird sie von Annie gesprochen haben. Und davon, dass sie es nicht geglaubt haben wird, dass es so unwirklich gewesen ist. Und: Warum, warum denn nur?

Die Zeit wird stillgestanden sein. Die Stunden werden ungezählt dahin geschlichen sein. Es wird hell und es wird dunkel geworden sein. Die Erde wird sich weiter um die Sonne gedreht haben. Das Gestern wird hinter ihnen eingebrochen sein, wird in Stücke gegangen sein. An ein Morgen wird sie nicht haben denken können.
Ein paar Anrufe. Von den Mutigen, denn was wird man schon gesagt haben können, welche Worte wird man noch in all den Scherben, dem Schutt, dem Zerbrochenen gefunden haben?
Ein paar Briefe und Karten werden angekommen sein, gebracht vom Postler, der die Briefe still, ohne angeläutet zu haben, vor die Tür gelegt haben wird. Manche Zeilen werden liebevoll, einfühlend gewesen sein. Manche vorgedruckt „Aufrichtige Anteilnahme", eine graue Nelke, schwarzer Rand wie unter ihren Nägeln, nachdem sie Erde auf den Kindersarg geworfen haben wird.
Zur Beerdigung werden sie allein gegangen sein, dabei nur der Priester und ein Ministrant. Sie würde die vielen Menschen und das Gerede, die Verlegenheit, das Kondolieren nicht ertragen haben.
Das lange, spitzenbesetzte Chorhemd über dem dicken

Anorak, wird sich der Bub seine Hände über dem Weihrauchfass gewärmt haben. Dann der kleine Erdhügel. Mit Blumen drauf. Mit einer Kerze, die sie über Wochen jeden Abend durch eine neue ersetzt haben wird, damit das flackernde Licht nicht ausgeht. Bald wird der erste Schnee auf die Erde gefallen sein.

Die Zeit wird weitergelaufen sein, hell, dunkel, Tag, Nacht. Die Weihnachtstage werden gekommen sein, aber sie werden zum Glück auch vorbeigegangen sein. Sie wird sich nichts mehr gewünscht haben, als die Stunden zurückzudrehen auf „vorher", auf Annie-Zeit. Und sie wird gelernt haben, dass das Unfassbare wahr geworden ist. Der Abstand, die Gewöhnung, jeder weitere Morgen wird sie ein bisschen vom grellen Schrecken entfernt haben, wird sie zurück ins Leben gebracht haben.

* * *

Der Kinderarzt rät ihnen zu einem neuen Kind, ein neues Kind werde sie trösten.

Ja, der kleine, kräftige Junge zwingt sie geradezu

zurückzukommen, zwingt zur Fürsorge, hält sie beschäftigt. Eine neue, eine andere Liebe zu diesem anderen, entzückenden Kind. Sie genießt das Lächeln des Babys, sein Wachsen, seine Lebendigkeit. Sie lässt ihn nicht aus den Augen. Er bleibt am Leben.

Doch auch vierzig Jahre sind nicht genug, um zu trösten. Die Traurigkeit kommt in Wellen, wie Disteln sticht der Schmerz noch immer, sie kann die Tränen nicht zurückhalten.
Es wird immer geschehen sein, Annies Abwesenheit ist so gegenwärtig.
Was kann sie trösten?
Der Kummer hat sich in ihr eingerichtet, hat sich eine Höhle gebaut. Aber nicht nur einen dunklen Ort, sondern auch einen Ort zu atmen, einen Ort bei sich zu sein, einen Ort der Stille. Feucht, humos, fruchtbar, eine Höhle, in der sich der Schmerz langsam, sehr langsam in ein neues In-der-Welt-sein wandelt.

* * *

## TROST II

Mit den Strichcodes, die meine Blutproben bezeichnen, in der Hand sitze ich im Wartebereich des Labors.

Eine Mutter und ihr Kind sind hinter dem halb geschlossenen Vorhang in der Kabine. Den geflüsterten Worten entnehme ich, dass zuerst der Mutter Blut abgenommen wurde und jetzt das Kind an der Reihe ist. Mutter und Ärztin versuchen es zu beruhigen, nicht so schlimm, ein Zauberpflaster dann, tut gar nicht weh, nur ein kleiner Stich …

Das Kind beginnt vor Angst zu weinen. Vor Angst, aber ohne Auflehnung, ein eher resignierendes Schluchzen. Ob es ein Bub oder ein Mädchen ist, kann ich nicht ausmachen.

Schon ist's vorüber: Jetzt geschafft, schau, schon vorbei, das tolle Zauberpflaster, wie tüchtig!

Eine zierliche Frau um die vierzig kommt mit einem kleinen, vielleicht sechsjährigen Jungen aus der Kabine. Er hat festes, schwarzes Haar und lugt unter langen Stirnfransen hervor, ein bisschen verschämt und sichtlich mitgenommen vom Schmerz.

Beide, Mutter und Sohn drücken sich den Mulltupfer in die Armbeuge. Die Mutter setzt sich, der Kleine

drückt sich an ihren Oberschenkel. Sie lehnen die Köpfe aneinander, das braune, leicht gewellte Haar der Mutter legt sich in das schwarze Haar des Kindes. Ganz leise spricht sie ihm zu, streichelt ihm den Rücken. Ich kann nichts verstehen, aber es wird wohl etwas gewesen sein wie: Es hat dir weh getan, nicht wahr? Aber es musste leider sein. Wie tapfer du warst! Du bist schon ein ganz Großer.
Ein kleines Nicken. Sie nimmt ihn auf den Schoß. Die beiden haben keine Eile. Sie umhüllen den Schmerz mit Trost. Die Mutter baut eine Insel des Trostes. An diesem kühlen, medizinischen Ort und für diesen einen, kurzen Moment.

* * *

ICH BIN MIT MEINEN ENKELKINDERN am Spielplatz. Die beiden sind auf und davon, sie sitzen miteinander im hohen Klettergerüst. Als ich aufblicke, um nach ihnen zu sehen, entdecke ich ein Mädchen, das gedankenverloren ganz für sich spielt. In einem rosa Leinenkleid hockt es am Rand des Sandkastens und lässt hellen, feinen Sand durch seine Finger auf die nackten Füße rieseln. Jetzt schaut es zu mir herüber, steht auf, kommt auf mich zu und bleibt knapp vor mir stehen. Das Mädchen sieht mich neugierig an, ich lächle.
Dann dreht es sich um, steigt auf einen Balancier-Balken, breitet die Arme aus und geht davon.

* * *

## YAD VASHEM

*THIS MEMORIAL TO THE ONE AND A HALF MILLION JEWISH CHILDREN, WHO PERISHED IN THE HOLOCAUST, WAS ERECTED THROUGH THE GENEROSITY OF ABRAHAM AND EDITA SPIEGEL OF BEVERLY HILLS, CALIFORNIA, IN MEMORY OF THEIR SON UZIEL, KILLED IN AUSCHWITZ IN 1944.*

So lautet die Inschrift am Memorial für die im Holocaust ermordeten Kinder. Es ist ein freistehendes Gebäude auf dem Gelände der Holocaust-Gedenkstätte Yad Vashem in der Nähe von Jerusalem. Ein gebautes Gedenken an Uziel Spiegel, den Sohn von Abraham und Edita Spiegel, der in Auschwitz, so wie eineinhalb Millionen weitere Kinder, in dieser Hölle des Holocaust, ermordet wurde.

Nach dem Besuch der berührenden, erschreckenden und überwältigenden Dokumentation der Gräuel des Holocaust in der sprechenden Architektur von Yad

Vashem gingen wir zum Kinder-Memorial. Das dichte Dunkel einer lichtlosen Halle saugte uns ein.

Der Weg führt uns auf schmalen Metallstegen im Zickzack durch einen gefühlt bodenlosen Raum. Nach vorne, aber ohne eindeutige Richtung, ohne Möglichkeit abzuzweigen oder zu entkommen. Ein kaltes Geländer leitet durch die totale Finsternis. Viele kleine Lichter, wie Sterne, geben der unheimlichen Situation dennoch eine Art Hoffnung. Die Lichter, wie ein Sternenhimmel, erinnern an Abraham, der in großer Verzweiflung in der schwärzesten Wüstennacht seinen Gott hörte.

Abraham und Edita Spiegel trauern um Uziel. Und um all die anderen, ermordeten Kinder. Sie haben hier einen Erinnerungsort geschaffen, zeigen, wie Erinnerung möglich ist, wie die Trauer in einem übergeordneten, einem transzendenten Gedanken geborgen werden kann. In finsterster, grausamster Verlassenheit, architektonisch nachempfunden in verunsichernden Glas- und Spiegelwänden, die Hände suchen Halt an einem kalten, harten Metallgeländer, gibt es doch Hoffnung und den Glauben, dass Jahwe

mitgeht und sein Volk nicht verlässt. Die Lichtpunkte durchdringen und überwinden die Finsternis. Uziel und all die anderen Kinder sind nicht verloren gegangen. Hinter dem vordergründigen Schwarz steht ein unzerstörbares Größeres.
Das Memorial steht für die größere Freiheit der Liebe. Der Holocaust, die unmenschlichen Taten des Hitler-Regimes, die Grausamkeit, der Tod und die Verzweiflung sind nicht das letzte Wort. Keines dieser Kinder ist verloren gegangen, kein Leben war umsonst. Jahwe geht mit, sagt diese räumliche Installation. Er hat diese Kinder aufgenommen und wird einst Gerechtigkeit schaffen.

Welche Größe liegt darin, dennoch und zusätzlich zur Dokumentation der Verbrechen und zur juristischen Verurteilung an einen guten, liebenden Gott zu glauben! Nicht bei der Schuld hängen zu bleiben, nicht bei Rache und Vergeltung, sondern sich der Kinder als Gerettete zu erinnern.
Die Mörder kommen hier nicht vor, der kleine, bestialische Mann und seine Schergen werden nicht einmal genannt. Sub specie aeternitatis spielen sie keine Rolle. Uziel ist in einer größeren Wirklichkeit aufgehoben.

## VOIDS

Der Tod eines geliebten Menschen ist ein Riss im System, eine Ruptur, ein Erdbeben.
Zurück bleibt eine durch dieses fundamentale Ereignis veränderte Wirklichkeit, eine Kluft, ein Leerraum.
Was bleibt, ist das Paradoxon der Gegenwärtigkeit der Abwesenheit, die Gegenwärtigkeit des Verlustes.

> *Er ist tot.*
> *Er ist tot, doch sein Tod,*
> *sein Tod*
> *ist nicht tot.*
>
> (David Grossmann: Aus der Zeit gefallen)

Es bleibt eine Lücke, die sich nicht schließt, nicht schließen kann und auch nicht soll, die es frei zu halten gilt. Frei zu halten, um das Vergangene nicht verloren gehen zu lassen, um der Verpflichtung zum Erinnern nachkommen zu können. Um Luft, neuen Atem ins Leben zu lassen.

> *Ich mach weiter, sammle, halte Wacht,*
> *wiederbelebe das Kind, das du warst,*
> *den Mann, der du nie sein wirst.*
>
> (Grossmann, Aus der Zeit gefallen)

Dinge, Daten und Fotos sind Erinnerungshilfen, Unterstützung im Nicht-Vergessen, im Nicht-Verlieren. Aber wie lebt man mit einem Riss im Gewebe seines Lebens weiter?

In einem Brief an Sebastian Haffner schreibt der Holocaust-Überlebende Jean Améry: *Meine Verletzung deckt keine neue, fest verwachsene Haut, und wo eine solche sich schließen will, reiße ich sie wieder auf, da ich doch weiß, dass unter ihr der Eiterungsprozess weitergeht …* (Jean Améry, aus Brief 318)
Améry will das Unsagbare nicht vergessen, obwohl das zum Schließen der Wunde, zur Heilung beitragen könnte. Obwohl das Vergessen das Weiterleben vielleicht heller, leichter machen könnte. Ehrt Améry so die Toten? Empfindet er eine persönliche Verantwortung, das Andenken der Verstorbenen zu ehren?

Daniel Libeskind, der Architekt des Jüdischen Museums Berlin, hat für das Paradox der präsenten Absenz, für die wahrnehmbare Abwesenheit, die bauliche Form der *Voids* gefunden. An mehreren Kreuzungspunkten im Museumsgebäude befinden

sich vertikale Schächte, die durch alle Geschosse gehen, vom Keller bis zum Dach, Leerräume, die in der Form von Säulen das Gebäude durchziehen. Von den Ausstellungsräumen sind diese *Voids* durch Glaswände abgetrennt. Man kann sie nicht betreten, es sind Räume der Leere, frei gehaltene Räume des Nichts, Räume der Abwesenheit. Es sind Räume, die an den Verlust so vieler geliebter Menschen erinnern.
Das Licht, das von oben in die Schächte einfällt, verändert die Belichtung der angrenzenden Ausstellungsräume. So ist und bleibt die gegenwärtige Abwesenheit für die Achtsamen spürbar.
Die *Voids* sind in Beton und Glas ausgedrückte Erfahrungen des Verlustes.
Die *Voids* sind schweigende Denkmale der Erinnerung und Luftsäulen, die eine Verbindung herstellen zum Luftkörper der Atmosphäre. Atem, der hinausgeht, Atem, der einströmt. Verbindung mit Allen, die gelebt haben, Verbundenheit mit Allen, die leben werden.

* * *

## WALTER BENJAMIN MEMORIAL,
Portbou

Auf einer Reise durch Katalonien steuern wir auch das Küstendorf Portbou im Nordosten Spaniens an. Den letzten Ort auf spanischer Seite, den ersten Ort der vermeintlichen Sicherheit für den Philosophen Walter Benjamin, der 1940 versucht hat, sich hier über den Landweg von Frankreich nach Spanien vor den Nationalsozialisten in Sicherheit zu bringen. Ein kleiner Ort liegt über einer sandigen Bucht am Meer, umgeben von hohen, schroffen Felsen, den östlichen Ausläufern der Pyrenäen, die hier steil ins Meer abfallen. Ein lang gestreckter Rangierbahnhof liegt hoch über dem Meer. Hier wurden die Züge, die in Frankreich und Spanien auf unterschiedlichen Spurbreiten fuhren, umgestellt.

Walter Benjamin, der bekannte, jüdische Berliner Philosoph und Schriftsteller, einer der führenden Intellektuellen seiner Zeit, war nach der Machtübernahme der Nationalsozialisten 1933 von Berlin nach Paris emigriert. Als die Front näher rückte, fühlte er sich aber auch in Frankreich nicht mehr sicher und

versuchte im September 1940 über die östlichen Pyrenäen ins spanische Portbou zu entkommen. Der Plan war, von dort nach Portugal und schließlich, wie so viele andere, in die USA zu fliehen.
Nur mit einer Aktentasche, die ein Manuskript enthalten haben soll, sei der herzkranke Benjamin die etwa acht Kilometer über die Berge gegangen. In Portbou wurde er, der gefälschte Papiere hatte, von den Grenzkontrollen in Gewahrsam genommen. In dieser Nacht hat er den Glauben an seine Rettung verloren. In diesen rauen Bergen, nach einer langen Flucht, nach einem Aufstieg, der seine letzten Kräfte verzehrt hat, war es genug. Seine Hoffnung war aufgebraucht. Mit Morphiumtabletten hat Benjamin sich das Leben genommen. Den anderen Flüchtenden seiner Gruppe wurde am nächsten Morgen die Weiterreise gestattet. Benjamin wurde in einem Massengrab beerdigt.

Heute findet man auf dem Friedhof von Portbou eine Säule mit dem Text seines Abschiedsbriefs an Henny Gurland und Theodor W. Adorno: *In einer ausweglosen Situation habe ich keine andere Wahl.*
Es gibt einen Gedenkstein mit Namen und den Lebens-

daten. Sich seiner Erinnernde haben Steine darauf platziert und Blumen davor niedergelegt.
Außerhalb des Friedhofs hat der israelische Land-Art-Künstler Dani Karavan ein eindrucksvolles Denkmal errichtet. Von einer Klippe hoch über dem Meer führt eine Treppe steil hinab in die Brandung. Seitliche Wände aus Stahl hindern den Ausblick und erzeugen einen Eindruck von Enge. Die Stufen enden knapp über der Brandung, über Felsen und Gischt – im Nichts. Die Ausweglosigkeit, die Angst und das Ende im Nichts sind jetzt ganz nah, sind anwesend.
Dani Karavan hat den Nachgeborenen eine beeindruckende Möglichkeit des Mitempfindens der letzten Stunden des gehetzten Philosophen geschaffen, es ist emotionales Erinnern. Das Memorial nimmt die Landschaft, die Felsen, das Meer, die Höhe und den Sog in die Tiefe auf. Wir werden zu Benjamin, wir können die Ausweglosigkeit und Verzweiflung am Ende seines Lebens nachempfinden.

* * *

*erinnern*

*der gedanke / das gedankenexperiment, dass ich dich*
*vergessen könnte, ANNIE, dass ich,*
*um frieden zu finden,*
*vergessen wollen könnte, dass du knapp fünf monate mit*
*uns, bei uns gelebt hast, dass ich dich und deinen tod*
*vergessen könnte,*
*erschreckt mich*

*dich aus meinen erinnerungen zu streichen, die bilder*
*von dir, die gemeinsamen erfahrungen, verblassen zu*
*lassen*
*wie so vieles, das war und in meinem jetzigen leben*
*keine rolle mehr spielt, macht mich augenblicklich*
*unglücklich*

*ich weiß, dass das nicht sein darf, aber auch nicht sein*
*kann,*
*dich musste ich gehen lassen, konnte dich nicht halten,*
*aber die erinnerung an dich kann und darf ich nicht*
*auch noch verlieren*

ÜBER DAS ERINNERN

Joan Didion schreibt am Ende ihres Buches „Blaue Stunden“, mit dem sie ihrer verstorbenen Tochter Quintana ein Denkmal setzt, dass das Schlimmste an ihrer eigenen Krankheit und an ihrem bevorstehenden Tod sei, dass sich keiner mehr an Quintana erinnern würde, dass die Erinnerungen an die Tochter mit dem Tod der Mutter getilgt würden. *Alles* sei ja schon verloren gegangen. Joans Mann war plötzlich gestorben, Quintana war tot. Die Auflehnung gegen ihren eigenen Tod, *gegen das Nachgeben,* wie sie es nennt, komme daher, dass, wenn sie, die Mutter, sich nicht mehr erinnern würde, auch das Letzte von Quintana verloren sei: die Erinnerung an diese Frau, ihre Tochter.

Auch in David Grossmanns Roman „Aus der Zeit gefallen“ arbeiten sich die Figuren an genau diesem Dilemma ab: Wie geht man mit der Erinnerung an den Tod eines Kindes um? Wie akzeptiert man den Tod und den Schmerz und wie wird man dem Erinnern gerecht? Wie kann man die schmerzhafte Erinnerung aushalten?

Der Mann, die Frau, die Hebamme, der Schmied, der Zentaur usw. – jede, jeder zeigt ein anderes Gesicht und eine andere Art zu trauern – aggressiv, sich in sich zurückziehend, verstummend, stotternd, irrsinnig und alles verdrängend. Alle Figuren gehen im Kreis in einer großen Suchbewegung.

*Ich mache weiter,* sagt der Mann, *sammle, halte Wacht, wiederbelebe das Kind, das du warst, den Mann, der du nie sein wirst.*

Der Mann bricht auf *nach dort.* Er hält es nicht aus, *am Galgen der Sehnsucht zu hängen.* Die Frau versucht ihn zurückzuhalten, vor der immer wieder schmerzhaften Erinnerung an den Tod ihres gemeinsamen Sohnes zu bewahren:

*Geh nicht zurück nach dort*
*zu jenen Tagen geh nicht zurück*
*und wende nicht den Blick*

Roland Barthes sagt im „Tagebuch der Trauer“:
*Meine Trauer ist eine Verletzung.*

Der Tod eines geliebten Menschen verletzt, macht zornig, wütend, depressiv oder zerstört einen Menschen ganz. Es ist etwas verloren gegangen, von dem man dachte, dass es ewig / natürlich bei einem bleiben würde, das zum eigenen Leben dazugehörte. Immer wieder durchläuft man diese Stimmungen / Verstimmungen / Ängste / Schmerzen bis sie vielleicht einmal abebben und verblassen. Der Tod eines Geliebten ist *eine Verletzung*, eine Zerstörung / ein Seeleninfarkt.

*Ausgewurzelt aus meiner Seele,* sagt die Frau bei Grossmann.

Wie kann eine Seele heilen?

Eine Narbe bleibt, die man vielleicht unter „besondere Kennzeichen“ in den Pass eintragen sollte: Kind verloren.
Eine Erinnerungsnarbe – zugleich vernarbt und sichtbar.

Ein Kind verloren. Dafür steht die Narbe. Für diesen Riss im Leben.

Aber die Frage *Wie erinnern?* ist noch nicht beantwortet.

Wie kann man diese Erfahrungen in Worte / Gedanken fassen, ohne sie zu verändern? Ohne zu verharmlosen? Wie den Schmerz beschreiben? Wie diesen Einbruch, der ein Kind geraubt hat, beschreiben?
Den Einbruch, der alle Normalität und alle Selbstverständlichkeiten ins Wanken gebracht hat. Mein *Weltvertrauen,* das Wort finde ich bei Jean Améry in „Hitler und wir", seinem offenen Brief an Sebastian Haffner, mein *Weltvertrauen* ist damals verloren gegangen.
Für lange.
Erinnern und das Berichten des Erlebten sind ein Übersetzungsprozess / eine Transformation. Der Bericht über Tatsachen und Abläufe fasst das Erlebte nicht. Drückt nicht aus, vermittelt nicht, wie es war, und nicht, was passiert ist.
Nur eine *vielstimmige, unfertige und zeitoffene Erzählung* (Emcke, S. 110), die in den Lücken, Sprüngen

und in den Brechungen auch das Unerzählte, die Freiheit des Nicht-in-Worte-Fassens enthalten darf, erst eine Erzählung, die auch den Bruch zwischen vorher und nachher miteinbezieht, kann annähernd, tastend, sich wiederholend, umkreisend und durch kreisende Gestalten wie in David Grossmanns Roman vom Erlebten erzählen. Und bleibt dennoch immer unvollständig.

Erinnerung, die von Angst durchtränkt ist, Erinnerung an angstvolles Erleben, sei schwer aufzuspüren, denn Zeiten der Angst werden – im Gegensatz zur Scham, die konkrete Erinnerungen wie eingebrannt liefere – aus unserem Erinnern verdrängt (Kim de l'Horizon). Nur verschwommen sei Angstbesetztes aus der Vergangenheit zu heben, denn die Angst erleichtere sich im Vergessen.

Bin ich also wieder an den Anfang meiner Gedanken über das Erinnern zurückgekehrt?
Aber die Frage *Wie erinnern?* ist noch nicht beantwortet.

Die Spannung zwischen der Notwendigkeit, Erinnerungen ruhen zu lassen, um nicht starr vor Schreck in der Vergangenheit stecken zu bleiben, um weiterleben zu können, und dem Wachhalten der Erinnerung, weil sie mich auch ausmacht, weil das Erlebte zu mir gehört, wird bleiben. Diese Spannung bleibt.
Weil Annie zu mir gehört und weil auch ihr Tod zu mir gehört.

Die Frage *Du, wo bist Du?* werde ich immerzu stellen, und ich weiß, ich werde sie nie beantworten können. Werde wieder und wieder an meiner Akzeptanz, an meiner Hinwendung an das GUTE GANZE arbeiten, um mit Annies Tod zurechtzukommen.

* * *

## disteln

in bräunlichem grau
blütenknospen noch geschlossen verdorrt
umstanden
von dornigen blättern
gebrochen und aufbewahrt

auf der sommerwiese
überragten die lila blüten
das schon trockene gras
auf dem hügel
insekten – beflügelte, zarte, bunte
ließen sich nieder
süße, taumelnd fliegende gedanken

die dornen in der verschlossenen dose
bannen den schmerz
um dich nach dem winter
in der schönheit
neuer blüten zu finden

WIR SIND IM JAZZCLUB, auf Stehplatz, mit einem Glas in der Hand. In der Mitte des Zuschauersaales, an den Tischen, werden Getränke serviert. Die erste Session ist vorüber und eine junge Frau nimmt weitere Bestellungen auf.
Ich kann sie nur von der Seite sehen, sie wirkt nicht wie eine professionelle Bedienung, eher wie eine Studentin, die hier jobbt. Vielleicht spart sie auf eine Reise. Auf welche? Nach Japan? Studiert sie vielleicht Architektur, will sie nach Japan?
Mir fällt auf, dass sie die Bestellungen linkshändig notiert. Ich schreibe auch mit der linken Hand. Ist Linkshändigkeit vererblich?
Nach Japan reiste ich auch gerne.

Am ersten Tisch auf dem Balkon sitzt ein Pärchen. Ihn sehe ich nur von hinten, die junge Frau sitzt frontal zu mir. Er beugt sich ständig vor. Bei diesem Pausenlärm scheint er sie schwer zu verstehen.
Sehr aufrecht sitzt sie da, hat die Beine übereinandergeschlagen, erzählt lebhaft, wirft dabei wieder und wieder ihre langen, offenen Locken nach hinten. Die beiden scheinen sich noch nicht lange zu kennen. Vielleicht ist es ein erstes Date. Wie fühlt sie sich?

Freudig aufgeregt, angespannt, bedrängt? Hat sie Interesse an diesem jungen Mann?
Hätte Annie einen Freund oder eine Freundin? Einen Mann, eine Frau, Kinder?
Käme sie auch manchmal hierher?
Wären wir einmal miteinander hierher gegangen?

* * *

STILLE

Es ist mir untergekommen. Obwohl ich vor Jahren schon dort war, habe ich es wieder aus den Augen verloren und jetzt, weiß nicht weshalb, im Internet danach gesucht. Es gibt eine Website und Bilder, Aufnahmen, die zeigen, dass sich in den letzten zwanzig Jahren nicht viel verändert hat, und es gibt ein aktuelles Kursprogramm.

Ich melde mich für eine Meditations-Woche im Haus der Stille in Puregg, einem Haus in den Salzburger Bergen an. Ein ZEN-Mönch und ein Benediktinermönch haben diesen Ort der christlichen und buddhistischen Meditation gemeinsam begründet.

Der Bus lässt mich in einer Kehre der Bergstraße aussteigen. Bis Puregg wandere ich mit meinem Rucksack ein paar Minuten den Berg hinauf.

In einem ehemaligen Heuboden wurde der ZEN-DO, der Meditationsraum eingerichtet. Kerzen werfen ein sanftes Dämmerlicht. Für unseren Kurs wurde ein frisches Ikebana-Gesteck auf den Altar mit buddhistischen Figurinen gestellt. Im Vorraum hängt ein Kreuz mit einem Christus-Korpus.

Christen und Buddhisten versuchen hier, in der Stille dem Wesen des Lebens auf die Spur zu kommen. Was

ist das Leben? Wie kann man leben und körperlich und seelisch gesund bleiben? Wie und wo finden wir den Ur-Grund?
Die Antworten werden je nach Religion anders ausfallen, aber so sehen der Benediktiner David Steindl-Rast und der ZEN-Mönch Vanja Palmers das, es gibt nur einen großen Strom des Lebens mit dem einen Ursprung und dem einen Ziel. Wir alle sind ein Teil davon und miteinander und mit allem was lebt, allen Menschen, den Tieren und den Pflanzen verbunden. Alle Lebewesen atmen. Vielleicht finden wir über den Atem zu uns und unserem Ur-Grund.

Dreimal schwingt der Ton der Klangschale durch den dämmrigen ZEN-DO. Wir alle, zwölf Menschen zwischen fünfundzwanzig und siebzig aus den verschiedensten Berufen, rücken uns ein letztes Mal auf dem Meditationskissen zurecht. Dann sitzen wir in völliger Stille für fünfundzwanzig Minuten, die Augen geöffnet, aber den Blick nach innen gekehrt. Jede und jeder für sich allein und doch als Gruppe verbunden, suchen wir die Versenkung in die Stille.
Ich komme an in diesem Moment und auf meinem Kissen, vergegenwärtige mir meinen Körper, spüre

hinein, von den Zehen über die Beine, spüre das aufgerichtete Rückgrat, die Schultern, die Arme. Die Hände liegen lose auf den Oberschenkeln. Ich nehme den frei getragenen Kopf wahr, treffe auf Verspannungen und versuche zu entspannen, loszulassen, nicht mehr am Sprung zu sein, ganz hier anzukommen. Einatmen, ausatmen. Ruhig und bewusst.

Der Blick geht unbeteiligt, uninteressiert nach vorne. So wie unser Geist soll auch unser Blick nichts greifen, nichts erfassen, wird zurückgehalten im Jetzt, in der wachen Präsenz des Augenblicks.

Der Rauch des Räucherstäbchens kräuselt sich in der Luft. Ich betrachte die kleinen Wirbel, den zarten, weißen Schleier, ohne zu denken. Schaue nur. Er breitet sich aus, wird löchrig und löst sich auf. Gedanken tauchen bald auf, klopfen an, als hätten sie gespürt, dass jetzt Zeit ist, dass sie sich jetzt bemerkbar machen können. Aber mein Vorsatz, zu LASSEN, schickt sie weiter. Nein, keine Sprechstunde jetzt – nicht für Pläne, nicht für anstehende Erledigungen, Bedrängendes, Belastendes, Beunruhigendes, Unerledigtes … Das ganze Ensemble tritt auf, wittert

die Chance und will meine Aufmerksamkeit haben.
Ich habe mich bewusst abgemeldet, habe mich nicht nur aus meinem Alltag zurückgezogen, sondern will mich auch jetzt, für die Zeit der Meditation nicht in die Pflicht nehmen lassen. Will mich nicht ansprechen lassen, nicht reagieren. Immer wieder kehre ich von diesen Ablenkungen zurück, zu meinem Atem, zu meinem Körper, in meine Gegenwart, versinke in eine wache Präsenz und bin doch über alle fünf Sinne mit der Wirklichkeit direkt um mich herum verbunden. Mit dem Duft des Räucherstäbchens und der Kerzen, mit der Veränderung des Lichts, das durch kleine Luken in den Raum fällt, erspüre den Stoff meiner Hose und die warme Decke über meinen Schultern. Ab und zu ist ein tiefer Atemzug aus der Gruppe zu hören.
Langsam geht mein Atem. Die Luft kühlt den vorderen Teil der Nasenlöcher beim Einatmen und fließt warm über die Lippen beim Ausatmen.
Ab und zu und von Tag zu Tag öfter gelingen Augenblicke, in denen ich mich wie unter Wasser fühle. Ein ruhiger Atem, gedämpfte Geräusche.
Was mich im Alltag durch mein Leben zerrt, mich

zum Tun, zum Erledigen hinreißt, oft über meine Möglichkeiten, mich selbst vergessend, verpassend, verlierend, über das Nötige und Vernünftige hinaus, hinter dem Wesentlichen zurückbleibend, so oft blind und taub und ferngesteuert, beginnt sich hier immer wieder für kurz aufzulösen, lässt mich in mir verbleiben.
Die Störimpulse blubbern wie Luftblasen an die Oberfläche.
Für Momente versinke ich, bin wieder und wieder mit mir in der Stille, wie in einen bekannten, aber lange verlassenen Raum zurückgekommen.
Einatmen, ausatmen. Hier sein – bei mir.
Hinhören – in mich. Ertasten, was mich im Innern bewegt. Freude auftauchen lassen. Traurigkeit. Unruhe. Schmerz. Und auch diese Nachrichten halte ich nicht fest, beschaue sie nur und lasse sie weiterziehen.
Später sind wir zur Gehmeditation, dem *Kinhin*, im Freien. Bedachtsam einen Fuß aufsetzen, auf beiden stehen, einen Fuß heben, einen kurzen Moment das Gleichgewicht suchen, den Fuß vor den anderen setzen, das Gewicht verlagern, nach vorne, weiter, nichts bleibt, alles verändert sich. Und wieder einen

Fuß abheben, ein neues Gleichgewicht suchen, sich vorwagen und sicheren Grund finden. Einatmend abheben, ausatmend aufsetzen. In dem kleinen Intervall vor dem nächsten Atemzug Weite und Zuversicht rufen / zulassen.
Meine Lieben tauchen auf, unvermutet, ohne Reihenfolge, kommen ganz nah heran. Ich spüre die Verbundenheit wie einen tiefen, ruhigen Basso continuo. Sie sind einfach da, mir zugehörig. Mein inneres Auge sucht sie. Im Rhythmus des Atmens schicke ich ihnen Gedanken des Glücks, wünsche Freude, Gesundheit und Sicherheit. Mögen sie die Leichtigkeit des Wohlbefindens erfahren!

Die große Traurigkeit um Annie kommt. Meine Tränen fließen.

Das ruhige, weite Atmen wird enger, ein Druck lastet auf der Brust, drückt mir die Kehle zu. Die Weite ist eng geworden, die Traurigkeit nimmt sich den ganzen Raum.
Du bist mit Annie verbunden, sagt mir der Buddhismus. Als Annie zu atmen aufgehört hat, sei sie in den großen Strom allen Lebens zurückgekehrt und

möglicherweise auch wiedergeboren worden. Sie atme wieder, anderswo, in anderer Gestalt – und sie bleibe verbunden – wie alle lebenden Wesen miteinander verbunden sind, zeitgleich und durch alle Zeiten.

Meine Traurigkeit wandelt sich zu einer Trauer um meinen Verlust. Ja, es ist schön, sich Annie als große Tochter vorzustellen, es ist erlaubt, sich zu wünschen, dass Clara und Jakob noch eine Schwester hätten. Und es ist traurig, dass dieses kleine Mädchen nicht bei uns bleiben konnte.

Aber sie ist nicht verloren gegangen. Sie ist weiterhin auf eine zu ertastende, zu erlauschende, einzuübende Weise erreichbar für uns.

Im Ein und Aus wird mein Herz langsam leichter.
Die Angst um Annie und der Schmerz sind nicht weg.
Kein Zauber ist's, aber es zeigt sich in der Stille
die Möglichkeit zu einer neuen Beziehung, einer neuen Verbundenheit, die geübt und gepflegt werden kann.

Einübung, Meditationspraxis, zur Besinnung kommen, zu mir kommen, zueinanderfinden. Eine Nähe zu Annie finden.

## SCHWESTER TOD

*Gelobt seist du, mein Herr,*
*durch unsere Schwester, den leiblichen Tod,*
*ihm kann kein Mensch lebend entrinnen;*
*wehe jenen, die in tödlicher Sünde sterben.*
*Selig jene, die er findet in deinem heiligsten*
*Willen,*
*denn der zweite Tod wird ihnen kein Leid*
*antun.*

Diesen Abschnitt des Sonnengesangs des Heiligen Franziskus von Assisi finde ich im Internet unter dem Titel: Lied des Sich-Verbindens-mit-allem-was-ist. Realität bedeutet, dass der Tod zum Leben dazugehört. Etwas irritierend natürlich, dass die deutsche Übersetzung das italienische Feminin von *la morte* als *Schwester Tod* übernimmt. Aber irgendwie ist es auch ein schöner Gedanke: Eine Schwester, ein Mädchen hat Annie abgeholt.

Wie kann ich das Schreckliche, das gern Verdrängte, Ausgegrenzte ins Leben hineinnehmen?
Ist die Auflehnung gegen den Tod nur eine Art von Hysterie?
Ist es hysterisch, zu weinen?
Wusste ich nicht immer, dass das Leben zerbrechlich ist?
Natürlich wusste ich, aber der Schmerz ist etwas ganz anderes, die Vernunft kann den immer wieder aufbrechenden Schmerz nicht ungeschehen machen.

Jenen, die im Leben schon gestorben sind, kann der Tod *kein Leid antun.*
Sind das jene, die den Tod mitdenken? Jene, die ihr Leben singen, weil sie um den Tod wissen? Jene, die ein- und ausatmen, annehmen und hergeben, sich der Brüchigkeit des Gewebes unseres Lebens bewusst sind? Jene, die den Schmerz am Leben lassen? Sind sie es, die durch den Tod gegangen sind und jetzt neu leben?

*Ich atme, langsam. Seitdem*
*hab ich nicht so geatmet,*
*so hab ich noch nie geatmet. Mein Innerstes*
*wurde mir ausgeblasen*
*und kehrt zu mir nun tanzend zurück.*
(David Grossmann, Aus der Zeit gefallen)

Mit diesen Worten beschreibt die Frau des Chronisten die Annahme des Todes ihres Kindes.
Ein neuer Atem, ein neuer Tanz und zugleich immer die bleibende Frage: *Du – wo bist Du?*
Die Frage muss gestellt werden, auch wenn sie nicht beantwortet werden kann. Zwischen diesen Polen, in diesem Spannungsfeld leben.

* * *

*lieber Franz, du vogelversteher und wolfsbändiger,*
*meinst du das ernst?*

*wie soll ich das, was mir den größten*
*schmerz zugefügt hat, wie soll ich Annies tod*
*akzeptieren, geschwisterlich umarmen?*

*wäre das nicht verrat?*

*was sagst du dazu, Annie?*
*wenn ich die auflehnung beendete, klein beigäbe?*

*wäre das nicht verrat an dir?*

## AKZEPTIEREN

Akzeptieren, annehmen, einwilligen, ein Aufgeben des Widerstands, Ende der Auflehnung, vielleicht sogar Gutheißen des Geschehenen.
Wie kann ich denn etwas so Inakzeptables wie den Tod meines Kindes akzeptieren?!

Aber weiß ich denn nicht immer schon, dass Leben zerbrechlich ist, jedes Leben früher oder später mit dem Tod endet? Bedeutet Akzeptanz vielleicht die Aufgabe der Selbsttäuschung, bedeutet sie, klar hinzusehen, endlich nicht mehr zu verdrängen?
Wenn der Tod kommt, zerreißt der Vorhang, den wir vor diese ständige Bedrohung des Sterbens ziehen. Der Tod zwingt uns hinzusehen, zwingt uns in die Normalität, zwingt, die Sterblichkeit mitzudenken.

Es ist selten, in unserer Zeit des technisch Machbaren und der medizinischen Entwicklungen selten, aber doch normal, dass ein kleines Kind stirbt. Manchmal kann das verhindert werden, manchmal nicht. Plötzlicher, gemeiner, grausamer Tod!
Ganz von Beginn an, mit dem ersten Atemzug ist das

Ende mitgeboren. Das Leben ein Werden, der Tod das Ende des Werdens.
Die grausame Wirklichkeit muss ausgehalten werden. Aufhören, sich zu sträuben – die Leere aushalten. Die geballten Fäuste öffnen – sie in den Schoß legen.
Die Sicht geht nach innen, wird zu einem schauenden Sein, das ein umfassenderes Bewusstsein sucht, das den Rahmen größer anlegt, das Menschen, Tiere und Pflanzen als Teil eines viel größeren Zusammenhangs, als Teil, winzig kleiner Teil, dieses unerklärlichen Phänomens, das LEBEN heißt, begreift.

Im Loslassen des Schmerzes Kraft und neuen Willen aus diesem breiten Strom tanken. Oder vielleicht bekommen ...
Eine Haltung suchen, die im Strom des Lebens bleibt, ein umfassenderes Verständnis vom Leben findet. In der Verbundenheit mit allem was lebt, allem Lebendigen, handeln und nicht handeln. Schauen. Fühlen. Das ablehnende NEIN in ein suchendes, hinhörendes JA verwandeln.
Gestorben heißt so: zurückgekehrt, ins Leben zurückgegangen zu sein. Egal ob nun ins Paradies der Christen oder in den Zyklus von Geburt, Tod und

Wiedergeburt der Buddhisten, ob nun in den Himmel der Moslems oder das Nirwana: Der Tod ist nur das Ende der Geschichte auf Erden, eine Etappe, nur ein Teil eines Ganzen.
Das Leben geht weiter. Offensichtlich.

In vorsichtig tastenden / gestaltenden / auslotenden Schwimmversuchen können wir Zugang zum Leben finden, irgendwo zwischen Ursprung und Mündung im Geschehen sein, Teil werden, mitschwimmen.
Annie ist aus meiner Zeit gefallen. Meine Trauer ist normal / verständlich / berechtigt. Aber Annie ist nicht verloren gegangen.
Der erste Tod, wie Franziskus sagt, ist der Tod des kleinen Ich. Hin zu einem größeren Wir, zu Verbundenheit mit allem was war, ist und sein wird.

* * *

ENDE

Nun bin ich am Ende des Albums angekommen. Es ist eine Textsammlung, die nicht der Chronologie, der gewöhnlichen Chronologie eines Fotoalbums folgt. Es ist die Erzählung eines Abschieds und einer neuen, besonderen Beziehung zu Annie, zu mir selbst und zu diesem Leben geworden. Zu unser aller fragilem, begrenztem, unbegreiflichem Leben.
Der Tod zeigt sich als Fenster auf den breiten Strom des Lebens, aus dem Annie für kurz aufgetaucht und dorthin wieder zurückgekehrt ist, und er lässt uns die Verbundenheit von allem und uns allen erkennen.

* * *

DER WINTER
ist Ende Februar noch einmal mit Kälte und Schnee zurückgekommen. Ein eiskalter Wind treibt kleine Flocken durch die Straßen.
Ich warte am Wiener Schwarzenberg-Platz an der Fußgängerampel. Ein Straßenbahnzug fährt an mir vorüber. Mein dicker, roter Wollturban spiegelt sich im vorbeigleitenden Zugfenster. In der Bahn sehe ich ein Mädchen mit einer roten Mütze. Es hat die Scheibe angehaucht und schreibt mit dem Finger HALLO ins Beschlagene.

Erst als ich die Straße queren will, fällt mir auf, dass sie das Wort in Spiegelschrift geschrieben hat, sodass ich es von draußen lesen konnte.
Ein Gruß.

Ich stehe an der Kreuzung und blicke der Straßenbahn nach, die in einer weiten Rechtskurve in Richtung Oper fährt.

* * *

## DANK

Mein Dank gilt meinem Mann und Fanny Esterhazy für ihre Begleitung bei meiner Arbeit an diesem Text über mehrere Jahre.

## Quellen / Künstler / Philosophen / Sänger / Schriftsteller

Améry, Jean (1912 – 1978)
*An Sebastian Hafner, Brief 318*, in: ders., Werke Band 8, Stuttgart 2007, S. 585f.

Barthes, Roland (1915 – 1980)
*Tagebuch der Trauer*, München 2010

Bonitzer, Agathe (*1989) – französische Schauspielerin

Carpentier, Manon – Tänzerin
*Les enfants d'Isadora*

Cohen, Leonard (1934 – 2016)
Anthem: *The birds they sang*, Album: *The Future*, 1992

Didion, Joan (1934 – 2021)
*Blaue Stunden*, Berlin 2012

Duncan, Isadora (1877 – 1927)

Emcke, Carolin (*1967) – Autorin, 2016 Friedenspreis des deutschen Buchhandels
*Weil es sagbar ist. Über Zeugenschaft und Gerechtigkeit*, Frankfurt am Main 2013

Grossman, David (*1954)
*Aus der Zeit fallen*, München 2012

Heyerdahl, Hans (1857 – 1930)
*Mädchen in rotem Kleid mit schwarzer Katze*

Jinks, Sam (*1973) – australischer Künstler

Kim de l'Horizon (*1992) – Anagramm des Geburtsnamens Dominik Holzer,
*Blutbuch*, Köln 2022

Manivel, Damien (*1981) – Regisseur von: *Les Enfants d'Isadora*, Film 2019

Martin, Molly (*1991)
*The Art of Repair: Mindful mending: how to stitch old things to new life*, London 2021

Matsch, Franz (1861 – 1942)
*Hilda und Franzi Matsch* (1901)

Ravel, Maurice (1875 – 1937)
*Pavane pour une infante défunte*

Rizzi, Marika – Choreographin,
*Les Enfants d'Isadora*

Skrjabin, Alexander (1872 – 1915)
*Etüde Opus 2 Nr. 1 in* c-Moll

Waldmüller, Ferdinand Georg (1793 – 1865)
*Die vierjährige Komtesse E.* (1821)

## JOHANNA BECK

schreibt unter dem Namen ihrer Großmutter

geboren in München, lebt seit 1980 in Österreich
Studien der Philosophie (Magistra, Salzburg), Pädagogik/Erwachsenenbildung (Innsbruck/Bozen) und Landschaftsarchitektur (Dipl. Ing., Wien)

Johanna Beck lebt in Wien und arbeitet als Landschaftsarchitektin/Architektin und Autorin

2011 Veröffentlichung des Romans „Märzsonne“ (Seifert Verlag, Wien)
2016 Textbeitrag „Im blauen Nachmittagskleid“ in RAMPE 2/16
2017 Beitrag in der FUNKHAUS Anthologie der IG Autorinnen Autoren, Wien
Kurzgeschichten und Beiträge zu Zeitthemen in Tageszeitungen (Kurier, Der Standard)

*Verlag* Bibliothek der Provinz

*für* Literatur, Kunst, Wissenschaft und Musikalien